# 古窟秘緣

## 吳哥窟的前世今生

張人德 著

現代文學 40

博客思出版社

# 寫在前面

吳哥窟（Angkor Wat）自1886年重新被發現，華麗轉身回到了現代文明的視線，日益成為歷史學家，藝術家和旅行家注意的中心。1992年，聯合國教科文組織將吳哥古蹟列入世界文化遺產，世界各地來吳哥窟觀光的遊客持續增加，從1993年不到一萬人次，到2015年旅遊收入已達1500萬美元。吳哥窟已成為當今世界旅遊勝地之一。

高棉王國在歷史上是中南半島最強盛的王國，吳哥窟是高棉王國王冠上的鑽石，至今仍在柬埔寨國旗上展示它驕傲的身影。

吳哥窟的建築和浮雕藝術得到很多學者的論述和推崇，吸引了世人絕大部分的注意。可是除了極其有限的史料、石碑和壁雕，吳哥王國的歷史嚴重缺乏記載，雲裡霧裡，記載還常常互相矛盾，給流覽吳哥磚石建築雕刻藝術的遊客同時也留下了不能深刻瞭解其背景的遺憾。沒有了歷史背景，文化會缺失魅力。

西元802年，闍耶跋摩二世（JayavarmanII）建立吳哥王朝，1181年登上王位的闍耶跋摩七世（JayavarmanVII）將吳哥王朝發展至最高峰，版圖包括現今整個柬埔寨、部分泰國、老撾、緬甸及越南。這一段歷史是高棉王國的傳奇經歷，也是高棉王國歷史上最偉大的篇章。

這不僅僅是一個歷史長河裡已經灰滅了的帝國，闍耶跋摩七世本人的人格和他妻子的魅力，給古老的高棉王國注入了現代人文的理想，並一直被後人緬懷。這也是寫這本書的初心。

作者通過講述一個浪漫故事，隨著意識的流動，給讀者介紹了高棉古國這一段歷史上最精彩的片段，對當時的風土人情，政治事件，人物風采，都給予儘量切實的描繪。儘管對這一段歷史的中外文選作了仔細查證、合理推測，但作為小說，為了情節的順利發展，作者也在保持大局前提下做了儘量少的變動，希望不會給嚴肅苛刻的歷史學者造成任何困擾。

至於現存吳哥窟的文化藝術，作者都做了詳實的介紹，是為了有旅行願望的讀者能將本書做為參考。

隨著科學探測技術的進步，現今世界上對一萬年甚至更久遠的遠古文明的證據和思考越來越多，本書僅僅聚焦在吳哥窟，它的神秘並非杜撰，而是世界級別的。在小說裡介紹這些更深層次的探索，少了一些科學必須的吹毛求疵和反復論證，多了一些浪漫的想像。

科學的最佳境界是浪漫主義的，是最簡潔的和諧，理解這一點有助於化解追求真理過程中科學精神與浪漫主義的糾結。

對於時間和空間的思索，是意識的認知中最深刻最困難的部分。空間和時間能不能易形，人的經驗能不能越過時空傳遞？都能挑戰有興趣讀者的思維。

我們所處的世界充滿了魅力和神秘，有的遠遠不是目前人類思想能夠準確瞭解的。這並不是說人類永遠不能瞭解，更不是說因為現在主流科學界不能解釋就應該排斥在人的思維之外。只有開闊包容的胸襟，人類的認識才會進步，人類在宇宙的地位才會提升。

作為非主流知識的關注者，有關的中外資料都經過了查證，作者儘量就最簡單的事實作介紹，開闊讀者的思想，為接受進一步的科學發現和科學解釋做些許準備。

本書並不是神怪小說，也不是科幻小說，更不是宗教小說，應該是本增加讀者歷史文化視野的哲理性旅遊小說，算是一個小嘗試。如果讀者在輕鬆閱讀有趣的愛情故事的同時，增加了對吳哥窟的瞭解，對吳哥王朝的瞭解，增加了對闍耶跋摩七世和他王后的興趣，對吳哥窟神秘的興趣，那麼作者的願望算是達到了。

2017.3.

# 古窟秘緣——吳哥窟的前世今生

## 目次

寫在前面 4
1.飛行的歷史學家 8
2.命運之神帶來小月 14
3.明寫給麥克的第一封信 19
4.明寫給麥克的第二封信 24
5.闍耶王子的人生轉折 31
6.闍耶從流亡地占婆回國 37
7.天獄救妻 43
8.小月舌戰高棉王 48
9.明寫的第三封信 56
10.歷史學家對轉世的困惑 61
11.微笑高棉人性之愛 66
12.闍耶請吳墒出山 74
13.睡美人之塔普倫寺 83
14.不眠的美人千年的皇后 90
15.伽耶拉迦和吳墒的緬北歷險 96
16.伽耶拉迦遊學那爛陀寺 103
17.小月驚魂夜藏舍利子 109
18.大智慧女人有大愛 120
19.闍耶象軍大敗占婆兵 127
20.潺潺愛河從夢裡千轉流出 133
21.闍耶跋摩治小國如烹大鮮 138
22.天宮裡的高棉國王 144
23.宋國馳援是核心外交的成功 149
24.明月出戰洞裡薩湖大捷 154
25.天象下的古窟之困惑 166
26.女人的智慧在雲淡風輕之中 172
27.前世孽緣今生了賬 179
28.驚魂崩密列 185
29.有情人沒有什麼不可能 191

# 1 飛行的歷史學家

曙光在東方露出，在飛機的機翼上抹上一道豔紅。厚厚的雲層下面還是沉睡的古國，雲層上已經是氤氳淳化的晨光。

機艙裡的旅客還在酣睡。明拉開了橢圓窗葉板，沐浴在亞熱帶的頭一束光線裡。這就是那個傳說中撲朔迷離的神秘土地了。

五個小時的飛行不算太長，可是對於花了十幾個小時從大洋彼岸飛北京再連續飛行的他來說，時間定位有點變得含糊不清，好像搭著時間的船，隨波逐著流，可是猛一看，天和海到處一樣。一下還不明白自己到哪裡了，來做什麼呢？

人對於自己所在的時空並不是永遠清楚的，時空對你的意義在於你感覺什麼，你如何應對。

正在做歷史研究生的明，研究對象是猶太民族的起源及其分支的遷徙，以及所伴隨文明的傳播。聖經故事、兩河流域和埃及的新王朝是必然涉及的課題。

本來猶太民族的分支從中亞出發沿北亞通道走入古代東亞的可能性，相關的文獻不多但是線索明確。可是不知道哪天讀了上古文明的傳說，吉薩高地金字塔排列神奇地相應西元前一萬五百年的獵戶星座，世界各地的遠古建築都和天際的星座有這樣那樣的神秘相關，明的興趣就由北向南轉向，跨過印度河流域和孟加拉海灣，流連到了摩西出埃及後兩千年的東南亞。

明的導師斯坦伯格教授是國際歷史學會德高望重的人物，是個治學嚴謹的猶太老頭，雖然對明的資質很為欣賞，可是明的這種不著邊的興趣老頭很不以為然，認為這些傳說不是歷史，連考古都不是。

雖然沒有道理說服老頭，可是明心裡的好奇心就像九頭貓在撓癢癢，讓他靜不下心來做日常的文獻工作。

自己妥協自己的結果是臨時請半個月的假，明親自飛越大洋，決定來東南亞的實地拜謁一番。

大致歷史學家都是細節的好奇者，因為有了好奇，才窮其一生鑽到故紙堆裡不厭其煩地考證。可是現在明的興趣幾乎沒有故紙堆可以鑽，況且題目過大，線索過小，更需要的是他活躍的想像力和邏輯推理。

很多時候明都不能確定他給自己畫出的歷史長卷到底是他邏輯分析的結果，還是自我催眠的夢境。

我們相信數學結果，因為我們信任計算的邏輯。那就是說只要邏輯嚴密，為什麼不能相信演繹得出的結果呢？除非邏輯出問題了。

年輕人，喜歡挑戰思維的成規，總想走出自己的路。

無獨有偶，明的好奇得到了考古專業同學麥克的熱烈支持，他向明講訴了諸多中南美洲瑪雅人的天文知識和瑪雅金字塔，鐵口直斷地認為瑪雅人的大規模消失源於他們對上帝返回的失約而極度的失望。

又提起登月英雄阿姆斯壯 1976 年從南美厄瓜多爾黃金城的伊瓜蘇瀑布下面的黃金洞穴（TAYOS 洞穴）裡帶出來的三千多頁黃金書，1986 年即被破解，揭秘了地底世界 9000 年前的文明之可能。雖然被傳統主流「科學界」束置高閣，2003 年美國國家科學院還是啟動了相關研究。這些反主流的遠古歷史，世界大國們都拼命研究卻又秘而不宣。

談到史前文明的可能性，兩人一拍即合，熱烈討論，常常相談甚歡，旁邊麥克的女朋友蘇珊都插不進嘴。

這次麥克和女友隨考古隊前往洪都拉斯，瓜地馬拉和薩爾瓦多，不能和明同行，明不得不一人前往，約好在互聯網上保持聯絡。

從北京轉機，氣候已經很冷，現在看看飛機下的樹林還是鬱鬱蔥蔥。空間的變換，讓時間都壓縮在幾個小時之間，從北美的寒冬跳過秋天，回到煩悶的夏季。現代人有事沒事喜歡長距離旅行，就是喜歡這季節的穿越啊！

明是個五英尺十英寸的華裔男子，清癯的面孔上架著一副黑框圓鏡，如今正捲縮在從北美一路穿來的登山服裡，靠在舷窗上，眼睛瞅著艙外的風景。他的腦子裡慢慢浮現出過去十個月來自己一直鑽研的資料，總算從沉睡中醒過來了。

這次旅行能達到怎樣的目的呢，明心裡並不太清楚，這在嚴謹的歷史學家來說是極少有的狀態。要放下自己饒有興趣卻又少有前途的研究課題有些於心不甘，到一次他心中的神秘目的地看看，即使不得要領，也算給自己一個交代，至少也休息一下，作為旅行一趟吧。

……

吳哥王朝由闍耶跋摩二世在九世紀建立，明現在要去的吳哥窟是蘇利耶跋摩二世1113 年遷都吳哥後花了 35 年建造的太廟。

吳哥窟代表了歷代高棉廟宇的立體廟山多層方台和平地廟宇回廊之基本特徵，層層疊疊，形如金字塔，象徵印度神話裡的須彌山。

法國資深古建築維修專家莫里斯．格萊斯（Maurice Glaize）說，「吳哥窟是吳哥古蹟中以造型之雄偉、佈局之平衡、比例之協調、線條之優美，威風赫赫，可比美世界上任何最傑出的建築成就，而毫不遜色。」

如果考慮到吳哥廟宇的精湛浮雕，宗教故事，歷史傳說，絕對是人類藝術歷史上的一顆燦爛瑰寶。

1431 年，暹羅滅吳哥，吳哥文明湮滅亞熱帶雨林 500 年。自 1860 年被法國生物學家亨利・奧莫重新發現，吳哥文明重回世人焦點，現在遊人如織，好評如潮。所以明這次來，即使做不了研究，也絕對做得了旅遊。

近來用直升機搭載雷射器向地面發射極快的雷射脈衝，各國組成的柬埔寨考古光學雷達行動（Cambodian Archaeological Lidar Initiative, CALI）發現了古高棉王國的複雜城市景觀。墨爾本大學教授、高棉史頂尖學者大衛・錢德勒（Ddavid Chandler）認為，吳哥古蹟研究將從這裡起步：研究那些建造廟宇的人……將把城市的居民重新帶回到視野。

這對於歷史學者明來說，不諦是一大福音。歷史已經不再是帝王將相的歷史了，歷史已經進入地理、氣候、經濟、人民遷徙的大資料研究，在正常的歷史研究背景下，他也可以仔細考察來自遠古的神秘資訊。

……

機艙的燈突然亮了起來，廣播裡傳出機長低啞的男中音：

「暹粒機場快到了，我們在十分鐘內就會著陸。請旅客們放直椅背，繫好你的安全帶。」

不知什麼時候雲層破了，飛機下面叢林的樹冠快速地在帶著朝霞的機翼下掠過，就像快速流過的時間畫面。

睡眼惺忪的空姐也突然不知道從哪裡冒出來，一面嘴裡喃喃地重複機長的話，一面東張張西望望地在走道裡走動，幫助突然被喚醒的旅客調整座椅。

很快，A320-200 跌跌撞撞地碰觸到了地面，艙外的發動機突然發出巨大的轟鳴聲，飛機明顯地減速。同機的旅客有人拍起手來。

明從遐想裡回過神來，活動麻木的肢體，準備登陸。每次出遠門都是實實在在的挑戰，現在要面對的不是幾千年前的夢想，是找到護照，錢包，行李，背包。平平實實的一趟旅行。

從古到今，無論你對時空的認識如何，人類還是不得不面對眼前生存的挑戰。贏不了挑戰，非但不會有夢想、學識，連活著都沒有辦法。

明訪問過幾十個地區和國家，已經習慣長途旅行了。可是看著機艙裡站起來滿滿的旅客，大家紛紛從行李艙取下隨身的背包，明心裡還是油然而生說不出的好奇感。期待什麼邂逅嗎？

# 2 命運之神帶來小月

大凡做歷史的都知道人類文明其實很脆弱。我們現世的文明實際上贏得了多少挑戰，經歷了多少危機才得傳承到現在，又有多少大小文明湮滅在時間的永恆中，連浪花都不曾翻過。

偶然是永恆的，必然才是偶然的結果。

認識到了這一點，有了靈魂的人這才膜拜自己無法認知的上天，仰望永遠無法知道的將來。

尼采說，無數的文明進步，可是人的道德還在原地不變。文明的進步是無數偶然的結果，偶然也能使文明毀滅。但是沒有進化的道德，是人的宿命。

文明湮滅有的是因為天災，更多的是因為人禍。道德不進化，文明只是偶然的結果。

明已經不再相信人類文明可以永恆，就像它一定會延續至今日一樣。讀到太多的文明湮滅，湮滅到無影無蹤，內心的震撼不是斯坦福大學圖書館的安靜氛圍能夠承受的。

歷史研究的是過去，不是未來。那麼以過去的軌道看未來，世界會是個什麼樣子呢？揣測未來從來都是科學家的事，揭秘過去才是歷史學家的專業。

可是現在的明處於陰陽的邊界上，想知道的是過去的故事，心裡揣揣不安的是未來的朦朧。他已經不肯定自己思考的是歷史？哲學？還是科學？

古埃及人是個什麼人種？從何而來？猶太人曾經深深地涉入埃及新王朝，而非簡單地在埃及做奴隸，如聖經說的，摩西在埃及王宮裡長大。所以埃及古文明熔接了很多後人不明確的源頭。

自亞歷山大圖書館被羅馬人一把火燒了之後，多少古代文化從此湮滅，無人再知曉它們是否對現世的文明有過影響。

明因此深知文化、文明的滲透和傳播幾乎沒有什麼是不可能的。

相比兩河文明沿北支向東方傳播和上座部南傳佛教的漂洋過海，埃及文明在七世紀被伊斯蘭教徹底取代之後，那些神秘的知識、文化、信仰翻山越嶺，穿越伊朗和阿富汗，被帶到了印度河流域，區區只有幾千公里，太有可能。然後再被一些印度高僧刻意渡過孟加拉海灣，傳播到東南亞叢林，那就幾乎是確定的。

西元8世紀從海路登陸，在暹粒締造高棉帝國的王子，就是這批高僧輔佐的第一代高棉跋摩。

明已經不懷疑歷史的偶然性，和因此的必然結果。

此時歷史學家明不知道的是，就在這架滿載兩百旅客的飛機上，命運之神偶然地帶來了一位嬌小的姑娘，盡眼望去還不能在熙熙攘攘的人群中看到她，但是隨後的必然結果卻讓吳哥窟世界文化遺產管理局跌破眼鏡。

……

因為從北京過來只有五個小時的飛行，姑娘不顯得特別疲倦。不算太大的眼睛在白皙的面龐上撥拉撥拉閃動，全身裹在一堆牛仔外套和寬大的圍巾裡，唯一露出的臉蛋似乎想得入神。

姑娘小月有著旁人不知的心事，幾個星期前單位的身體普查出有點問題，進一步的Pet-CT指出有嚴重後果。男友應聲消失，給小月更為沉重的打擊。

人被情纏的時候生命的重要性會降低，如果這種重要性的降低還沒有影響到日常行動，所以才有人去殉情。

情感的價值，就是生命的價值。誰又說不是呢？

歷史上因為個人無法拗過的環境勢力，無論這種勢力是社會的還是家族的，無法自拔的戀愛中人選擇了殉情。自從沒有了這種外部勢力以後，殉情就只能是小說裡的名詞了。

所以失戀在現代倒成了一種既不能反社會，又不能反個人，無法宣洩的強烈情感糾結。

人的情感以生物性開始，以社會性結束。

一切以理智影響的感情，絕對不是生物性的，即使生物的擇偶會有利害得失的傾向，那這種得失也是生物性的。

學經濟的小月思路很清晰，對於負面情緒，與其在有限的空間濃縮，不如在更大的空間稀釋。

在生命相關的兩個重要變數上面都遠離正態分佈，小月也只能用統計學的分析態度來承受。對於個人的生命性價比，讓小月首先想到的是能給生命多加一些內容，在一定的生命時間裡增加生命的容量。

小月選擇不做無謂的抱怨，帶頭組織幾個朋友作這次五小時距離的旅遊，欣賞一千年時間的文化。

看看歷史的滄桑，時間的流逝，體會生命的存在，小月希望自己會更灑脫地處理自己的境遇。其實說的容易，要做到談何容易！

所以姑娘經常陷於無意識的沉思。

作為偶然同機的乘客，雖然彼此都獨立存在於同一個物理時空已經幾十年，無論地是球體也好，地是馬鈴薯形也好，小月和明都位於大地引力相對的兩個方向，過著晝夜顛倒的生活，做著風馬牛不相干的事。

即使已經到了網際網路遍佈全球，撥個視頻就越過千山萬水，命運之神的想法還是令常人猜不透。

無論是悲劇也好，喜劇也好，冥冥之中是不是已有定論？

同一件事發生在不同的土地上，能有不同的緣由，不同的意義。在這塊遍佈印度教、佛教，迷一樣的土地上，未來是新發的綠芽，還是前世的輪迴？

此時小月根本沒有這樣的覺悟，她面對的是如何在短短的十幾天旅行時間裡重塑自己的人生境界。她實在也是沒有把握。

# 3 明寫給麥克的第一封信

親愛的麥克，

我總算到達暹粒市了。

大概紅眼航班到的太早，暹粒機場的大廳裡除了往護照蓋章的，空空無人。交了40美元的落地簽證費，就算合法入境了。

暹粒機場就一平房，大概只有兩三個登機口，候機廳也不大，況且時間早，也看不到有免稅商店的樣子，要找一口飲料都是一個挑戰。

一切平凡無奇。有些印象的是那位邊境員警，他頭也不抬地給旅客蓋入境章，毫不在意地把每個旅客給他的兩美元小費隨手擼到抽屜裡。看到我的護照，才算抬起頭來細細打量我，並沒有向我要求傳說中的賄賂。土耳其式的方臉型，濃密的雙眉底下那雙眼睛好像什麼地方看到過，如果不是從來沒有來過這裡，會誤以為是個熟人。

當地人很友好，不過說英語沒有說中文流利。大概是離中國近而離美國遠的原因。

旅客三三兩兩拖著行李箱迤邐而去，如此邊境，一派祥和，猶如911 以前的美國機場一樣。因為沒有攻擊的價值，所以就很和諧。人類的互相攻擊，是不是因為勢能高低不同，要當一切變得毫無價值差別，就像洶湧的激流沖到巨大的低勢能水窪裡，才歸於平靜？

每次到一個新國家，我都會有一種獵奇的興奮，不知道會遇到些什麼新鮮事。這次也是這樣。不過你也知道，像我這種老學究，要交新朋友不是很容易呵！

現在有點明白當年父母親不贊成我學歷史的原因了。人要變得很老才能對事情懂得明白，不過懂的太早了也失去了很多樂趣。人生可貴就在於變得老了還能保持有樂趣的心。

暹粒是這樣一個小城市，在美國你只會認為是個小鎮。這裡只有一條國道，和六盞紅綠燈。這裡的雨季還沒有完全過去，空氣裡充滿了潮濕，地下遍是泥濘，就像所有亞洲待開發的小城鎮一樣，各式各樣改造過的兩輪機動車穿梭而過，和漫無目標的旁觀者。

令人吃驚的是下榻的皇后酒店，竟然全部是用硬木建成的！

走在寬大的地板上，真有種中世紀皇宮的感覺。北歐那些皇家城堡裡吱吱嘎嘎的地板相比之下真是一個笑話。這裡是一個多麼富裕原生態的國度啊！

不過旅館裡中飯吃的都是水果，才知道這裡是減肥的最佳地點。據說東南亞都是這樣，那真是女士們的天堂啊！

因為今天白天時間不多，休息一會兒後就去了傳說中的女王宮。就是國師Yajnavaraha給自己造的退休寶殿，後來被國王賜予僧侶Divarakapandita。因為離城比較遠，鶴立荔枝山，所以明天就能夠專心待在王城一帶，不用再專程去了。

因為牆上的浮雕多是美輪美奐的仙女，所以被法國人誤認為一定是女王大人的寢宮，給了這麼個浪漫的名稱。

實際上這是一所供奉印度教三大神仙的神殿，鏤花門柱，山形門楣，竹節狀的窗櫺，七頭的納迦神蛇……雖然我在資料上不止一次見過這座殿堂，可是親眼見到的時候還是不得不被她的魅力征服。

寺廟有三層院落，第三層門裡一米多高的石臺上有三座各有五層的鐘形寺塔，分別供奉毗濕奴，濕婆和梵天。

山牆上都是印度教的神話故事，打鬥的神仙們，翻動的乳海，應該是印度教的壁畫版本。

粉紅的砂石在陽光下閃爍，細緻入微的浮雕滿佈每一寸砂石牆上，讓人陶醉。你在這裡想到的不是歷史，而是藝術。尤其仙女們蒙娜麗莎般的神秘笑容，太讓我理解法國作家馬爾羅偷盜女神像的衝動。他後來能夠以文化部長入閣戴高樂政府，除了高老頭，可見老天也是原諒他的。

高棉的藝術匠有特別高的天賦，能夠把人物的內心世界在粗糙的砂石上表現得如此深刻。他們的高超技藝一點不遜色西方的藝術大師，如果生活在文藝復興之後的時代，一定流芳百世。

他們能不用任何黏著劑就把磚石壘成千年不倒的廟宇、穹頂，也完全能立於人類偉大的建築藝術之林。這和埃及、瑪雅的金字塔同有不得不感覺到的關聯。

最最難得的是高棉藝術家們先壘高了石壁，然後在層層疊疊的磚石壁上做浮雕，一刀劃過磚石接縫而不用停留，畫面多層而不亂，堪稱一絕。這些匿名的民間、或者御用匠人、藝術家是真正高棉的靈魂，把高棉的文化穿越了時空讓後人嘆服，敬仰。誰說歷史的主人就是帝王將相？

記得在巴黎的吉美美術館第一次看到高棉國王闍耶跋摩七世的頭像，他那種慈悲的微笑一下子攝取了我的心，彷彿勾動了我的心弦。讓我覺得似乎和他內心絲絲相扣，冥冥之中彷彿有責任到他的故土一遊。

因為女王宮小而精，沒有遮陽廊道，覺得蠻熱的。因為是宗教聖地，對遊客的服裝還有一定規範。不過當你看到浮雕仙女們的服裝，就會對這種服裝的要求覺得滑稽了。當然你首先要得是仙人才行。

另外，你最不能想像的是這裡居然有這麼多活著的黑檀樹，雞翅木，紅木樹，給了訪客陰涼的驚喜。我知道加州人分不清楚，一律 Rosemarry, Hard Wood 稱之，哈！幾百年的老根都從地面下爬到地面上來了，這是我在伊拉克或者埃及不可想見的。

不知道你在瓜地馬拉和洪都拉斯能看到這樣的優質巨樹嗎？

雨停的時候雲端濾出陽光，就像一個大植物園。雖然沒有鳥叫，還是蠻清新的。

可惜行李太沉，我沒有帶 200 毫米鏡頭，無法記錄枝頭上的故事。沒想到這些樹木居然這麼高。

這是第一印象，以後會有越來越多的報告。

你的瑪雅金字塔們怎麼樣？

明

# 4 明寫給麥克的第二封信

親愛的麥克，

我不厭其煩地向你仔細描述，是為了在腦子裡重新放映一遍今日的見聞。既是回味，也是記錄。讓你和電腦都作個見證。

起個一大早，打車趕往暹粒市以北5公里外的小吳哥看日出。這是見識吳哥窟的重頭戲。

王國國旗上華麗莊嚴的小吳哥就在眼前，西邊荷花池塘邊上已經站滿了幾百人，通常大聲喧嘩的眾人一點聲響也沒有。不知道是因為崇敬而變得安靜，還是因為起得太早還繼續在做著未完的夢。

當霞光從塔頂上露出，染紅了一道道高空捲積雲，萬籟俱寂，池塘的倒影讓人分不出你是腳踏彩雲還是沉浮宇寰。感到心中生出無限的虔誠，彷彿看到娑婆世界恆河沙數多的菩薩駕雲而過。

我知道你不同意我對於前世和來世現象的猶豫不決，可是怎麼解釋那些觀察到的事實呢？很多事情都超出了我們經驗的範圍，甚至超出了科學的邊沿，因為主流科學無法解釋，就當作沒有發生一樣，可是它們卻又確確實實發生過的。

據說愛因斯坦曾說，佛學是直覺的智慧，是一切科學的動力。

你知道我對於宗教從來都有一種旁觀的立場。可是研究歷史，尤其是遠古的歷史，是不是必須貫通佛學？

觀摩了日出中的小吳哥，進而參觀，自然心中生出敬意。

如果說歐洲殿堂的畫作和雕塑仰仗大師們的貢獻的話，那麼吳哥窟成千上萬的浮雕必定是成千的藝術匠人的無私功勞。

為蘇利耶跋摩二世加冕的婆羅門主祭司地婆柯羅（Divakara）為國王設計了這座太廟，小吳哥，供奉毗濕奴神，所有毗濕奴的頭像都用蘇利耶跋摩二世的相貌雕刻。

這裡的壁雕是梵文史詩《羅摩衍那》、《摩訶婆羅多》中的故事和建築這座太廟的蘇利耶跋摩二世的儀仗圖和出征圖，雖然從沒有讀過，可是一看就有很熟悉的感覺。

可是現在在這座太廟的最高一層天庭裡供奉著釋迦摩尼的側臥像。除了伊斯坦布爾的聖索菲亞基督大教堂被掛上伊斯蘭教的黑旗，真沒見過這樣廟主禪讓的趣事。

自己無形之中受到吳哥的宗教氣氛感染，對於能客觀地觀察不是一件好事，於是我很努力地尋找目標拍照。用藝術的方法來表現歷史，沒有比在吳哥窟有更實際的應用了。

不像在歐洲的教堂裡，到處都會有鮮豔的壁畫和輪廓，如果色彩也斑駁了，這裡在斷壁殘垣中很少有機會能發見視覺上的對比，照相機的相位差檢測對焦系統也毫無用武之地。

我不厭其煩地向你抱怨這種單調，是為了讓你理解為什麼當時我會被一束跳動的火焰引動。

時當中午，就在四處張望的時候，穿過層層灰暗的門洞我看到間隙中灑下一束陽光，在那舞臺聚光燈一般的光線下一襲紅裙像被魔法驅動一樣飄動。原來是一個紅衣少女翩然而過，白白的皮膚，帶著一頂深藍寬簷的遮陽帽。

感謝 AF-S 鏡頭的快速反應和我攝影職業的敏感，花了零點五秒就記錄在案了。可惜我又足足花了二十分鐘來後悔這麼不紳士的作為。

你經常鼓勵我和異性交往要主動，這次你不用操心，我很主動地注意這位姑娘的行蹤，也是想向她表示自己的歉意和獲得她的允許。從對歷史的興趣變成對藝術的讚歎，現在只剩下想拍照了，你一定覺得可笑。

原來這位姑娘一行還有好幾個同伴，她們不斷在恰到好處的景色前留影，做出種種可愛的模樣。各個旅遊景點處組團的中國旅客往往這樣，很容易被人看到，也容易被人忽略，只當作是廣場舞的另一類流行。

可是小心看去，她的每一個動作都是那麼俏皮，那麼恰到好處的誇張，卻長著一張內斂自重的臉。紅裙子像火一樣，不但燃燒了景色，也燃起了我拍照的欲望。

一款最簡單的顏色，有這樣複雜的效果，只能說是一種基因裡的古老迷思。

「對不起啊，能不能為你拍一張？」我讓自己儘量露出坦誠的笑容。姑娘轉過臉，驚奇地張大眼睛，那是一張生動的臉。然後點了點頭。相信當時我的表情一定十分討好，即使我的導師斯坦伯格教授一定也沒有見到過。沒多久，照片裡的她已經從為景物添色升級為景物為她烘托了。

在取景器裡我可以細細地欣賞她，為了表示是認真的攝影家，我在相機螢幕裡重放拍好的照片給她看。每次她都很認真地觀賞，很真誠地讚美，彷佛照片裡不是她，而是不相關的作品。

她的每一個笑容都那麼真誠，每一句問答都那麼有分寸。看著她和女伴們在一起，活潑開朗，像雲隙裡射出來的陽光，可就是有一種超脫的氣質，好像她不落在這個地球，能像風一樣輕。所有東西看在她眼裡都帶著一種貴氣的寬容，沒有驚訝，只有熱情。

看她在藏經樓前和當地小孩們互動，並不像其他遊客那樣只給點小錢，而是流露出傾心的微笑，天生的慈愛，不能不讓我深感觸動。

我不是個一見鍾情的人，現在倒有些吃不准。可惜滿是磚石的廟堂裡沒有一朵鮮花，不然我會摘一朵送給她。

友好的談話，小心翼翼地瞭解。知道我們同一天來這裡，搭的同一架飛機，住在同一家酒店。

世界上幾十億人像空氣裡的分子一樣胡亂地碰撞，某個分子和另一個分子相遇，定是偶然的現象。歷史上人物能夠相遇，改變了歷史的進程，這種偶然被佛教叫做緣。既然是緣，就不該是隨便，而一定是必然的了。

大概太迷思歷史的邏輯，任何有意義的偶然我都要思考一番，你說是科學精神嗎？

她讓我叫她小月。

我和小月們相約下午一起去這裡的制高點，高棉靈魂的所在地，巴肯山。

這個是耶酥跋摩一世從羅洛斯遷都來吳哥建造的第一個宗廟所在。他建築了四公里見方的王城，鋪砌了層層的石階，從此創建了高棉王朝建築的立體美學。形同須彌山的巴肯山，代表宇宙次序的108座石塔，據說十四世紀時仍舊是金碧輝煌。塔下存有舍利子。

黃昏時分趕到巴肯山，西元 907 年建築的國家寺廟，當年的宏偉不再。現在的遊客來巴肯山就是眺望吳哥的日落，可是我總覺得我還應該來感受別的什麼。

穿過東邊巨大石獅守衛的入口，登上陡峭的 67 米，本來登山好手的我，居然有種恍惚之感。

除了我還在不斷拍照之外，大家坐在石梯邊、平臺上，往西眺望，靜靜等待。大片吳哥窟的尖頂在南方叢林遠處忽隱忽現的，頓時給足我歷史的想像。

當年闍耶跋摩七世在這裡屯兵，遠眺吳哥窟的時候，是不是有同樣的感覺？他失去了王后，失去了家族，失去了王國，從流亡地占婆趕回祖國後，心中是一種復仇的欲望，還是拯救子民的責任？王后在他的意念中究竟是怎麼一種力量？

歷史沒有詳細記載，我只能感到那樣的故事確實曾在這片空氣裡發生。我簡單地告訴小月，她很注意地看著我聽，緊緊地抿著嘴，讓人不得不注意到她一副菩薩樣的人中。

夕陽西下的吳哥，籠罩在一片金紅色的迷霧中，閃亮的尖頂和樹冠漸漸撒上一片碎金。觀望落日的人們臉上都鍍上了一層金黃，和巴肯山高低守望的雄獅們一樣。

我看看小月，在金色的沐浴裡，她的臉色沉靜，目不轉睛地看著落霞，眼睛閃耀一種異樣的明亮，很感動人。

我分不清是在體會歷史，還是在享受現在。

……

暹粒市經常停電，這個待發展的國家連旅遊聖地都不能保證電力供應。

處處的高腳樓實際上只是一個個蓋著茅草的竹架，根本談不上有什麼居住條件可言。千百年來當地人就住在這樣的竹樓上，頂著茅草。磚石的建築只為供奉神和祖先的靈柩。

入夜，星星點點的燈光是用電瓶點亮的，交換充好電的電瓶，就像我們交換煤氣罐一樣。歷史對當地人來說就是一條流動的小溪，即使拐了幾個彎，溪水還是清澈見底，沒有任何變化和有趣的東西。

在6號公路兩邊現在有不少掛著洋名的酒吧，餐館，不知道從哪裡進口的食品和酒精，熙熙攘攘的坐滿了遊客。一餐十多二十個美元，大概是當地人一個多禮拜的生活費了。

可是每個大旅館都有自己的發電機以備不時之需。

可是我的房間停電了，黑暗中只有電腦自帶的電池供應著淡淡的螢光，腦子裡彷彿呼嘯著巴肯山的黑夜……

……

# 5 闍耶王子的人生轉折

雨剛停，雲層慢慢散去，月亮和星星剛開始出現。那是1180年的深秋。

闍耶王子站在宏偉的巴肯寺外，焦急的心情露在眉目上。

穿戴著甲冑的哨兵，持矛站在遠處，燈油樹的油燃起的火把把周圍照得通明。說明闍耶不用再藏著掖著了，空氣中只有巡邏小隊踩在泥濘中的腳步聲和兵器碰撞的鏘鏘聲。

闍耶把司令部移到巴肯山，雄偉的國家太廟肅靜無聲，給了闍耶強大的信念。

闍耶起兵已經三年了，他現在聚集了一支兩萬人的軍隊，二百頭戰象，戰馬千匹，遠遠不再是開始時候的孤身一人。

高棉的雨季不能用兵，只有補充給養，訓練新兵，短短幾個月的旱季也只能進行一兩次軍事行動。

和占婆國王闍耶因陀羅跋摩四世的軍隊已經有過幾次交鋒。闍耶的軍隊從北部山區進入平原，已經把占婆軍隊趕出了首都，擠壓到了東面山區，雙方的主動和被動已經換了個個。王子殿下的軍隊已經屯兵在巴肯山，等待雨季過去就要開始行動。

可是闍耶還在等一個人，沒有這個人，闍耶還下不了決心。那就是他的妻子伽耶拉加黛薇。黛薇是神的意思，是後來對闍耶跋摩王后伽耶拉加的尊稱。

闍耶有一個快樂的童年，在祖父蘇利耶跋摩二世和父王陀羅尼因陀羅跋摩二世與王后的呵護下幸福地成長在吳哥的宮殿裡。作為帝國的第一繼承人，闍耶得到了良好的教育，在當代國師和鎮國將軍的親自教導下，文化和武功都有傑出的表現。成年後王子得到國王的器重，常年替帝國領兵征戰在外。

高棉王國欣欣向榮，婆羅門教是國家的宗教，百姓匍匐在神授王權的統治下，虔誠又服從。

可是在民間裡，釋迦摩尼漸漸更吸引一眾信徒。雖然在印度教裡釋迦摩尼也是一尊神仙。可是佛教的單一信仰，生命平等，貧富無欺的成佛之道，比婆羅門教的階級分明，更接近草根百姓的憧憬。

闍耶是如此聰慧的一個人，對婆羅門教和佛教的不同記記在心。加上妻子英德拉黛薇和伽耶拉加黛薇公主是虔誠的佛教徒，經常告誡闍耶眾生平等，不可亂殺生，有機會就和闍耶談經論佛，聰敏的他心領神會，從心底生出了一股清新的精神，因此闍耶也對妻子寵愛和尊敬有加。

1160年同樣的一個夜晚，闍耶王子重兵在身，與北方的敵人酣戰之後闍耶王子也是站在軍營之外，拿著急馬送來的噩耗。千里之外的父王駕崩，堂弟說為了控制戰時混亂的朝政，急急忙忙宣佈登基，是為耶輸跋摩二世。其中的詭譎讓闍耶王子在不可言狀的悲痛之下還要思考對策。

闍耶在帳內整整思索了七天，軍政都交給了大將軍吳墒。

第七天的晚上闍耶召見了將軍，燈燭下的闍耶神色憔悴，燭光把他投影在拱形的帳篷頂上，彷彿一個在天的神靈。

吳墒站在帳下不敢吱聲。

吳墒是這樣一種軍人，對殿下的權威死心塌地，需要自己負責的事卻從不推卸責任。現在的他既不能鼓動王子殿下回京爭奪王位，這無疑要掀起一陣腥風血雨，同室操戈；又不能勸王子殿下對王弟稱臣，這有悖情理和王子殿下的尊嚴。可是殿下做的任何一個決定他一定無條件地服從。

「吳將軍，」闍耶終於發聲了，吳墒的心咯噔一下提到了嗓子眼上，他知道王子殿下的決定將要關係到上萬人的生命。

「吳將軍，」闍耶重複地說了一聲，「我決定離開高棉帝國。這是我能做到的最好的決定。」

吳璾的心一下子落到肚子裡，每次接受軍令，他都有這樣的感覺，無論戰鬥任務是不是艱鉅，還是解脫了自己的戰略戰術糾結，留給他的只有最簡單的執行了。

不過王子殿下的這個決定還是出乎吳璾的意料。他慢慢地回過神來，輕輕地問：「殿下要到哪裡去？」

「占婆。」闍耶沒有看他，低著頭說。

「那太子妃……」

闍耶伸手打斷吳璾的問話，「她們在吳哥城不會有意外，可是我不能夠回去，只有直接去占婆。」

吳璾沒有吱聲。他知道不能再問什麼問題了。

闍耶王子確實不能回吳哥城，他去服從王弟呢？還是去逼宮呢？即使他沒有動作，那些不服蘇利耶跋摩二世的貴族們絕不會放過闍耶，一定會裹挾他另立君王，這樣吳哥城遲早會血流成河。

即使殿下沒有動作，新君可沒有殿下的寬厚，一定會追殺他到底。

「我讓你來，親口告訴你我的決定，」吳璾的思緒被譎耶打斷，「是要讓你帶領三軍回吳哥王城，在我離開後三天出發。軍令符明天就讓軍師陳彥交給你。絕密。」

說著闍耶站了起來。

「是。」吳璃頓首接令。接著問：「殿下需要什麼裝備，多少護衛隨行？」

「不用。」闍耶回答。

半晌又加了一句：「給我準備一些乾糧和水袋。阿萊跟著我就行。」

「是！」吳璃知道應該退出軍帳了。

吳璃跟著闍耶殿下已經十多年了，雖然是闍耶的親信，可是絕沒有個人的友情關係。

在王子殿下面前吳璃總是畢恭畢敬，在心裡也是對王子殿下信服有加。有幾次血戰，雖然都是吳璃身先士卒贏得時間的先機，為戰場大勢作了定海神針的功勞，也為闍耶贏得了父王的賞識，可是吳璃絕無憑功勞驕橫，更無功高震主的野心。

聽到王子殿下的決定，吳璃心裡真正佩服闍耶的決定。只有闍耶殿下這樣的胸懷和見識，才能把自我的利益退居帝國和百姓利益之後。高棉王國的王族之間經常有流血的爭鬥，他明白闍耶不願意兄弟殘殺，為了王位犧牲將士百姓的生命，況且眼下真相難明。

因為這個和帝國的利益無關，和百姓的利益無關，信仰佛祖的闍耶一定會小心避免。這樣的君主才是吳璃貢獻生命的對象，這樣的信仰也應該是吳璃將軍的信仰。

在歷史的長河裡，面對絕對權力的誘惑時，有幾個激流勇退的智者，有幾個心懷民命的仁者？

吳埼心裡暗暗決定，把軍隊帶回吳哥城，向新君交代之後，自己也要回家務農，逍遙藍天綠野之間。他後來也是這麼做的，一直到十多年後王子殿下重新找到他。

二十年後的闍耶王子已經從青年成長到壯年，已經從離國他去到復興救國，時空的巨變讓現在的他感歎萬分。他覺得就像坐在小船上，身不由己，歷史的大浪推著你，波峰波谷，千迴百轉又回到原點。

眼下闍耶內心強烈的願望就是妻子能夠平安歸來。

# 6 闍耶從流亡地占婆回國

遠離吳哥城千里之外的占城，是當今越南中部一個古國占婆（首都毘闍耶）的重鎮，非但富庶，也是一個各種宗教混雜的城市。當時東南亞眾多東西方泊來品都經過占城的轉站，商業非常發達。

闍耶來到占城已經好多年了。

現在的闍耶和普通的占城人差不多一樣，就是身後總是有個忠心耿耿的跟班阿萊。他平時練練武，讀讀書。

那個時候的練武無非就是拉拉筋骨，練練肌肉，並沒有中國人的各派武術；所謂讀書，也就是研究佛經。闍耶正在青年，有佛在心的人才能做到。

那時的占城和北方大宋國一樣，市民社會很富裕，酒樓飯肆到處都是，因為信佛，又對愛妻思念，除了偶爾喝酒，紅樓妓院闍耶是絕對不去的。

闍耶自我放逐到異國多年，他的妻子卻作為人質留在了吳哥。在讀經書之餘，闍耶非常想念她們。

是英德拉和伽耶拉加平時給他娓娓道來，甜蜜的聲音把他引入和平的佛界。那裡一切平等，釋迦摩尼給了闍耶一個和印度教乳海翻騰的眾神廝殺全然不同的世界，那裡也沒有毀滅世界的濕婆奴。

可是她們現在不在身邊，闍耶更努力地修煉自己。除了以前的軍師陳彥按時派來的信差從吳哥城帶來一些消息，闍耶心如止水，和占婆的混亂政局也了無關係。

占婆有強大的佛教勢力，從斯里蘭卡過來的上座部佛教僧侶格守教義，是占婆穩定的社會力量。闍耶雖然也去講經辯論，可是並不能相融，漸漸地也疏遠了。

占婆還有婆羅門教，天主教，和伊斯蘭教。後者是從爪哇信訶沙裡過來的阿訇們，雖然人數不多，可是能量很大，經常有些出格的事件發生，漸漸沁入了王室，占婆國王斯里闍耶因陀羅跋摩四世也深陷宗教派別的紛爭中。

闍耶有時和阿萊上街吃茶喝酒，除了占城王子釋利毗多難陀那（Vidyanandana），不結交占婆其他上層的朋友，因為王子殿下和闍耶一樣信奉大乘佛教。

就在闍耶王子兵屯巴肯山，夜等妻子幾年前的一天，他從陳彥派來的信差處知道，首都吳哥城出現了叛亂。宮相特里布婆那迭多趁羅睺（卡拉）暴亂之際，廢掉了耶蘇跋摩二世，殺掉了一百多個不服的大臣和將軍。吳哥城在血污之中，政局混亂。陳彥讓闍耶考慮是否要回國，重振王室。

王室內鬨是一回事，權臣潛位是另一回事。闍耶讀罷信柬立即決定回國，讓阿萊上街購買路上必須的食物和用具。

闍耶自己背著雙手，在住所的院子裡來回走動，不時停下腳步抬頭望天，深深地呼吸。

闍耶自己也不知道是不是一直在等著這天，他心中從來沒有覺得自己會老死異國，闍耶的根在高棉，闍耶的靈也在高棉。

尤其闍耶的愛妻還留在吳哥，已經許多年了，多少次夢裡闍耶無可奈何地思念她們！

本來回吳哥可以輾轉水路，坐船從湄公河逆流而上，雖然安全舒適，可是耗時。現在的闍耶一點也等不得，從陸路日夜兼程雖然勞累可是也同時能消耗自己焦急的能量。

阿萊在市場購買了四匹馬，東南亞的馬匹比較瘦弱，個頭又不高，馬兒的耐力不夠。這是主人為了可以換馬，能馬不停蹄趕回吳哥城。可是馬可以輪流休息，騎馬的人能夠不休息嗎？

阿萊對主人忠心耿耿，可以為主人出生入死，可是私下的小牢騷一點不少。

雖然主人的盤纏從來沒有缺過，除了當年自帶，總還有高棉的皇親貴族送過來的。可是買這些馬匹讓主人囊中羞澀了。所以米餅啊，水囊啊，都得節省了置辦。

不當家不知柴米貴，阿萊自己吃的簡單，很為主人的衣食操心。

為了不招人眼目，闍耶帶著阿萊入夜才出發。闍耶托人給釋利毗多難陀那王子送上一封簡書，戴上了斗篷，悄悄鎖了門，沿著街邊出了城門。那時候的占城還很太平，幾乎夜不閉戶，所以城門管理也很鬆弛。闍耶裝作商賈輕鬆過關。

離城一里地，闍耶快馬加鞭，兩個人飛快地躥入叢林間的驛道，向吳哥方向飛馳而去。

雖是說有驛道，本來也有休息的森木（驛站），可是已悉數被破壞。一千里路途中還需要找船家渡過洶湧的湄公河，還需要蹚過一大片原始叢林。大半個月的路程。最近的羅睺暴亂摧毀了很多道路，進入高棉後見到樹林被焚燒，遭搶劫後路邊的棄屍。闍耶一路還要避免人注意，常常要走更偏僻無人的小路甚至無路。日夜兼程，風餐露宿。第七天晚，到達一個叫古倫的小地方，離國都耶輸陀羅補羅還有一百多里。

精疲力盡的坐騎馱著精疲力盡的阿萊，緊跟在闍耶的後面。突然聽到闍耶一句噓聲，魂靈立即回到身上。

闍耶勒緊了韁繩，立馬在前，沒有一絲動靜。半晌，遠處有一把火炬向他們走來，一個身披斗篷的影子跟著火炬戰士慢慢行走到謫耶前，右手放在胸前，單腿跪下，輕聲叫到：「殿下……」

闍耶翻身下馬，向前一步扶起來者：「彥！」

「我在此等了殿下三天了！」來者正是陳彥，曾經是闍耶軍旅的高參。

「殿下，此處不是說話處。請這邊走一步。」

一百多高棉戰士舉著火把，仗著標槍靜靜地等在百步之外。見到闍耶，個個單腿跪下，右手放在胸前，齊聲輕呼：「殿下！」

闍耶心頭一熱，多年的熱血一下子湧到心頭，彷彿又回到戰場一般。

可是現在的闍耶已經不是多年前的闍耶了。

他點點頭，招呼眾人起身，將雙掌合起，放在心前。

「殿下請上馬。」陳彥帶著大家又走了半個時辰，才來到大營。

營內雖然人不少，可是靜悄悄的，哨官們看到闍耶王子來了，大家都禁不住歡喜雀躍。

陳彥以闍耶殿下的名義彙集了一千人馬，在遠離首都一百里地的古倫紮營，等著闍耶回國掌軍。

闍耶打發阿萊去招呼馬匹，休息，自己和陳彥坐在帳篷裡聽取意見。

吳哥城裡反叛的宮臣已經自稱特里布婆那迭多跋摩，坐上王位。目前兩位王妃先後都被特里布婆那迭多囚禁在天獄中已經多日，生死不明。同情舊王朝的貴族知道闍耶回國後，會帶兵支援……

闍耶不語，靜靜地聽情報班詰（文官）一一道來。

陳彥建議闍耶等到更多的情報和戰士到來後，進兵吳哥城。由他潛入城內策反自稱特里布婆那迭多跋摩的軍隊，畢竟這些軍隊都是舊王朝的軍隊，裡應外合，奪回王位。

一路上闍耶一直在盤算自己能如何恢復祖輩江山。他明白吳哥國內眼下佛教和婆羅門教並存，並不占上風，這正是特里布婆那迭多蠱惑人心的基礎。

他最想傾聽的是自己愛妻的意見，如何在政治和信仰之中取得平衡。妻子是闍耶最重要的諮詢者。

而王子妃身陷囫圇，是他第一要營救的。否則貿然起兵，王子妃凶多吉少。

闍耶深知其中的險惡，這是他決心無論如何要先解救王子妃的原因。

可是動用士兵的生命去解救妻子，既不放心，也是他不願意的。

闍耶沉吟良久，排除了陳彥的種種勸告，決定親自去解救妻子。

# 7 天獄救妻

天獄是王宮象台前的十二座石塔，眼下由禁衛軍晝夜警衛，又離得王宮較近。石塔囚禁的都是要犯，將士不敢放鬆，看管巡邏都很緊。

吳哥的王宮就立在象台之後。象台是國王接見外邦使者覲見，閱兵，受俘儀式的地方。寬大的平臺立著威武的石獅，平臺立壁有無數戰象浮雕，主臺階旁是包金的巨象，一半浮雕一半立體雕刻，看似柔弱的象鼻卻支撐著巨台，顯示了吳哥王室的尊貴和威嚴。王室的禁衛軍守衛著象台，身著盔甲，不同凡響。

吳哥的君主是神授王權，吳哥的王就是神王。神王的御林軍就是神軍。

入夜的象台雖然燃著火把，卻顯得十分落寞。遠遠面對著的十二座天獄石塔，像夜幕裡的十二隻怪獸。

石塔建造很緊湊，頗有雅納巴拉哈（Yajnavaraha）寺廟（女王宮，班蒂斯蕾）的外形，但是絕對沒有那麼精美的浮雕。石塔各自單獨矗立在王宮一裡地前的開闊地上，對著司法塔樓。粗大的石材層層壓著囚室，從視覺上心理上就是一種上天的懲罰，顯得淒厲、可怖又神秘。

為什麼要把天獄造在離王宮這麼近的地方？雖然犯人是歸司法大臣管理，可是國王真正的心頭之患被關在咫尺的地方正是王權顯示的最佳心理優勢，這和叛賊押解進京，獻俘，宰於勝利者面前的儀式，效能並無二致。

每座天獄塔裡只有幾尺見方的空間，鎖住囚犯，沒有窗戶。

被稱為天獄是因為被判入天獄的犯人得聽從天神的判決，在停食的囚禁時間能存活的就是天意，就是無罪。

古代高棉民事的爭端和古日爾曼部落一樣，讓爭辯者赤手取熱油鍋底部的戰斧，以是不是燙傷甚至後續感染來決定是否正義，同樣讓天神定奪，是為天判。

也有爭訟的雙方各待一個天獄，雙方的家屬交換看守，幾天後出獄，誰完好而沒有痼疾的判為勝。現在看為荒誕，當時公認為公平。

實際上得罪國王的貴族往往被囚至死，雖然是宗教允許，卻也就是被虐而死，得以完屍而已。想像幾百年後的倫敦塔，巴士底監獄，鐵面人，在酷刑方面東西方都有相同的創造性。這是那個時代的文明。

夜晚的風聲很緊，天獄立在一片開闊地上，要潛入是不可能的。每一個時辰就有換班的衛士從南面的軍營列隊過來，遠處王宮象台處的火炬，在風裡呼嚕呼嚕地閃動。

闍耶把馬匹藏在天獄附近的叢林裡，留下一人看守，自己藏身在兵營附近一棵巨大的棕糖樹後，等著遠處過來的下一班禁衛隊經過。闍耶的身後是阿萊、陳彥和二名自告奮勇的百人隊長。

吳哥王國一般的士兵服飾簡單，因為地處亞熱帶，只需丁字褲前繫垂帶，外面再繫上寬大的綬帶，用以識別階級和敵我。上身五花大綁似的用藤條支撐肌肉的力量，百人隊長以上才會有披風、馬甲，以示不同。這給了闍耶他們裝扮混入的方便。

跟在隊伍之後替換掉最後幾名軍士是古今特種兵最基本的技能，謫耶他們神不知鬼不覺加入了換班隊伍，朝向天獄越走越近。

換班從第十二塔開始，每座塔有四名兵士守衛。看著前面十一個換班的樣本，闍耶四人很容易依樣畫葫蘆，行禮如儀，換下了第一塔的守衛。等到換下的守衛走遠，闍耶能夠收拾第二塔的衛兵的時候已經是子夜時分。這才是他們的活口。

沒想到這些守衛的士兵特別合作，對擒獲他們的闍耶知無不言，可能心裡對特里布婆那迭多跋摩也是深為不滿。因為有王子妃被囚，看守們也較為留心，傳聞的也多。

王子妃英德拉兩個月前被囚八號石塔，作為流亡國外的王子寡居的妻子，她願意為丈夫殉死，滴水不進，已於二十天前極端消瘦死亡；王子妃伽耶拉加被囚五號塔，才十天，可能還活著。

闍耶面不改色，可是心如刀絞。

他們沉靜地步行走向五號塔，儘量避免正面接觸，可是也若無其事地和同僚打招呼。每座石塔相距甚遠，相望較難，尤其在夜間。

捆綁了五號塔門前的禁衛後，闍耶舉著火炬，艱難地下到狹窄的地牢。晃動的火光下能看到一雙眼睛明亮地閃光，奄奄一息的正是王子妃伽耶拉加。闍耶一個箭步向前，扶起愛妻，抱在懷裡。

當看清來人是闍耶後，王子妃舒坦地閉上眼睛，美麗的嘴角露出靜靜的笑容。

闍耶背上妻子，緩步擠出地牢，阿萊趕緊掩在身邊，一行人快速向最近的叢林跑去。事先闍耶把馬匹拴在六號天獄最近的叢林裡，因為從任何石塔出來這裡都是最近的距離。佛祖保佑，現在一切順利。

高棉的雨季，叢林在夜間會有大霧，兩丈以外就不能見人。現在正是霧氣升起，一切在闍耶的計畫中，一切在佛祖的庇護之下。

大家認為是偶然的事情，信仰的人相信是必然。正是這樣的偶然，改變了高棉的歷史，這是神意，還是無序的偶然？

對闍耶有絕對影響力的妻子伽耶拉加回到闍耶的身邊，她的智慧和品格的堅定讓闍耶選擇了不同的政治道路。

迦耶拉伽一直就是闍耶的頭號參謀，對闍耶的謀略和哲學思想有著絕對的分量。對妻子的尊重使得闍耶一輩子尊重女性的社會地位和對政治的參與，這深深地印記在八百年前的高棉史上。

回到丈夫懷抱裡的迦耶拉伽沒有選擇復仇，闍耶因此沒有步那些爭權奪利的皇家悲劇之陋規，走出了一條舉世驚駭的大道，創立了東南亞最偉大的帝國。

霧裡馬蹄聲急急而去，消失在密密的叢林中。

# 8 小月舌戰高棉王

小月覺得自己病入膏肓了。聽到什麼講座說過，人的免疫系統功能下降，會做噩夢。小月的理解是，健康越不好，大概噩夢越離奇。

她覺得自己光著腳，小心翼翼地在泥灰路上走，路倒也十分平坦乾淨，邊上長著些樹木花草，小月只認識石榴，橘子，也有松柏和楊柳。小月覺得同伴們怎麼沒有同來，心裡不禁有些畏縮。

突然想到自己是來觀光的，小月就往兩邊看，都是些竹木搭建的高腳樓，頂上鋪著茅草，倒也有用竹子圍成小院落的，養些瘦馬。院子中間都有著一方水池，大概是沐浴用的。

男男女女都黑黑的，光著上身，赤著腳在腳樓下幹著活，唯有女子有在腰間圍著花布，手腳掌塗成紅色，頭髮挽成椎髻。

路上也有人來往，有人坐著銀色轎杆抬著的滑杆，打著銀色的傘。也有差人提著刀，用鐵鍊牽著一串臉上刺了青色字的人。小月讀過水滸，知道叫做黥面，是犯人。小月覺得好像是在參觀環球影城的電影佈景一樣。

路邊也一些遊手好閒之徒聚在一起，不知道在爭些什麼，看見官家人走過就不做聲了。

漸漸路邊也有些好宅子，院子很大，裡面有柳樹桃樹，屋子頂上有瓦片蓋著，像是官宦人家。有人好奇地打量著全身裹得嚴實的她，小月轉過頭，快步走過。

走著走著，小月走上一條很寬的大橋，兩邊有些面目猙獰的石將軍坐著，手持一條石雕的像眼鏡蛇一樣的欄杆，小月知道這個是印度教的蛇神，納迦。跨過一條很寬的護城河，小月走進了一道用巨石堆砌的五六米高的城門，門裡門外都有人看守著。雖然是石塊壘成，城牆光滑乾淨沒有一點點雜草，城頭上有一具黃金包裹的神像，但是不像中國的古城牆有著司守衛的女牆。

走過兩重城門，裡面是一片開闊地，有不少石頭壘起的宗廟和屋宇，都乾乾淨淨的，屋宇都有磚瓦，像是官方的建築。

小月七拐八拐，不知道要到哪裡去，只是隨著腳走，不過心裡一點也不害怕了。

路上的人漸漸腰中打的布結比較體面了，坐轎子的打傘的也多了。也有一些額頭和鬢角上抹著銀色顏料的婦女在路上走來走去，照樣裸著上身，帶著臂環、戒指，走過時能聞到一股異香，小月知道這樣的女子叫做陳家蘭。路上有人向她合掌鞠躬，她也合掌回禮，自己也不知道為什麼，做得很自然。

慢慢走到一幢宏偉的宮殿前面，金碧輝煌，有黃金的窗，巨大的立柱，屋頂上蓋著鉛瓦和琉璃瓦，一圈圈的走廊圍繞著宮殿。院子裡有孔雀走來走去，水池裡有魚會蹦出水面……宮殿前面有著手持刀矛的衛士，卻是女流。有腰纏兩頭花布的女子忙著走來走去，帶著金指環，金臂環，但是皮膚都細細白白的，漂亮許多。小月覺得像夢裡一樣，好像曾經很熟悉。

有人上前迎著小月，小月覺得自己是為了什麼事來的。

來人也在腰中纏了兩頭花布，和著雙掌說：「公主隨我來。」

小月隨著來人徑直往宮殿裡走去，穿過幾道金門，回廊，進入一個有著柱子的大廳。大廳對著大門有一個金色壁龕樣的窗，窗柱鑲有四五十面鏡子。

隔著細細的簾子，小月能看到簾子後面正中有一個象形的底座，上面站著一個身繫洋花布，頭戴金冠，冠頂鑲著巨大的珍珠，手指都帶著金指環，指環上鑲著貓耳石的人，手持著金刀。周圍都是宮女或者嬪妃次地圍繞，排列在兩邊的窗廊旁，她們的皮膚都是白白的，薄有姿色，和外面的婦女不一樣，支著金傘，由中國紅絹製成，傘裙拖地，也有女兵仗著刀劍。

這就是國王了，小月暗暗自付。

地上有些人坐著，看衣著似有平民，也有官員，等著國王治事的樣子。

有人吹起了螺，兩個宮女過來把國王面前的細簾子慢慢卷起來。

引小月入門的人低著頭，右手放在胸前，對著國王說：「陛下的廝辣（銀轎扛級別的官員）立特，帶伽耶拉加公主給陛下回話。」說罷，退著到一邊去了。

半晌，持金刀的人開口了。他一臉的憔悴，可是眼珠子在眼眶裡滴溜溜的轉動：「你們兩姐妹不好好在家裡待著，老是惹事生非。你又有什麼話要對我說？」

小月突然覺得自己有個姐姐，可是一定不在了，不然這個眼珠子滴溜溜轉的男人不會這麼講話。就像做夢一樣，小月的文思突然流出來，把她來旅行之前看過的印度教濕婆神、毗濕奴神，梵天大神的介紹慢慢地向對方道來，說著說著話鋒一轉，又從佛陀本為印度教的一尊，說到了佛教大乘的宗旨就是普救大眾，應該和國王陛下造福高棉百姓並無二致。小月驚訝自己的口才，居然無礙。

「……可是羅睺造反，禍害百姓，十室有二三成空，」小月不知道怎麼知道這些統計數字，但是止不住往下說：「高棉百姓是陛下的子民，是陛下萬年的基石。百姓旺，則高棉興旺，百姓弱則高棉危矣。蓋請陛下不以百姓信仰劃親疏，讓佛陀和濕婆神在高棉共同為陛下保佑百姓，伽耶拉加感謝陛下恩德。」

小月不愧為經濟學碩士，大數據推理分析頭頭是道，又有著婉轉申訴、軟進硬退、反敗為勝的操作經驗，自然是眼珠子滴溜溜轉的男人大所不及的，半晌沒有說話。

「你姐姐因為謫耶王子長期流亡占婆，絕食殉教，於情於理都是上策，值得世人為她祈禱。本跋摩沒有偏見。不過公主如何自處呢？」

小月沒有想到這是個什麼問題，一下子不知道如何回答。難道讓我也絕食？

「高棉女子和男子一樣耕種勞作，為民族生兒養育，為帝國保衛王室，在佛的眼裡，女子和男子都是平等的生靈，只可教化，不可生殉，猶不可被迫殉佛。伽耶拉加願意活著為高棉人民，高棉女子和兒童做力所能及的貢獻。」小月突然發自內心，慷慨激昂起來。

她看見眼睛滴溜溜的男子眼珠子不轉了，盯著她看，微微張著嘴沒有說話。周圍的宮女、侍衛個個直看著她，宮廷裡一點聲音都沒有。小月心裡有點自負，放緩了語氣，用右手放在胸前，微微低頭說：「謝謝陛下。」

小月心裡對自己說：我是來旅遊的，不必怕他。

「好吧，你可以退下了。」國王最後說，揮了揮手，不想再搭理其他人。有螺號吹了起來，兩個宮女把面前的細簾子放下來，國王轉過身走進金窗去了。

小月學著那個廝辣的樣子，向後退著到了宮廷門口，轉過身來，看見那個叫立特的就等在眼前，跟著他迤邐出了宮殿。

可是就像做夢一樣，腿軟軟的走也走不快。迎面有好些軍隊走來，身上有些血污，似乎剛從什麼地方廝殺過，他們腰裡的寬綬帶也不齊整了。遠處有煙騰空而起，好像燒了高腳樓。

路上有些被斬去手指腳趾者，也有被割去鼻子者，被一些差人趕著走。

小月心裡有些恍惚，覺得還是快些回去爸爸家裡。覺得那個眼珠子溜溜轉的國王提到……自己應該有個姐姐，她怎麼樣了？自從母親得病過世，小月就很依賴爸爸。可是如果有個姐姐，姐姐是不是會和媽媽一樣照顧自己？想著想著腳下走得快了，恨不得飛回家去。

可是突然起風了，心裡涼了半截。

小月的腦袋被什麼東西猛地套起來，眼睛一下子蒙了，手腳也被緊緊地箍著，被什麼人抬到車上，車子顛簸著走，聽著有馬蹄的聲音，是輛馬車了。小月拼命掙扎一點用也沒有，就像夢裡一樣，嘴裡叫不出聲來。小月想，剛才不是說好讓我回家去的嗎？

車子走了半天，停了下來。小月被人連架帶拖下了車，感覺跌跌撞撞往個地道下走，跌倒在地。

最後蒙在頭上的套子被人取掉，睜開眼睛，什麼也看不見，一股潮濕的黴味沖到鼻子裡。小月想，糟了，自己是被綁架了嗎？一起來旅行的同伴怎麼找得到自己呢？

這時的小月反而定下心來，想起自己還有醫院的預約要去履行，也無法向單位和爸爸交待了。

小月又想自己一定剛才得罪了那個眼睛溜溜轉的男人了，他不是個好人，小月不會屈服。小月的眼睛漸漸能夠適應黑暗，可是除了自己，還是什麼都看不到。

過了很久，有一線光照進來，是門被打開了，有人遞進來一隻黑黑的高腳瓦罐，裡面是水。人走了，門關上了，屋裡又是一片黑暗。小月渴得要命，試探著喝了些水。

小月覺得有些絕望，心裡希望是在做夢，這不是真的，那麼一切都可以重新來過。

……

不知道過了多久，一會兒會有人來送水，一會兒取走了空罐子，但是沒有人送吃的。也沒有人對她說話。

小月覺得有些虛弱，但是不感覺到餓，她鼓勵自己要堅強。她想，這些夢都是那個病魔造成的，熬過去就好了，她感到自己有些發燒，記得媽媽在世的時候關照，一定要多喝水。

小月覺得有種安靜漸漸籠罩著自己，不願意醒過來。她對自己說，別睡過去，別睡過去……

迷糊中門又打開了，小月呼吸到一點點新鮮的空氣，可是她覺得很疲倦，不願意睜開眼睛了。她感到有一坨明亮的火光，忽閃忽閃的，有人下來走到她的身旁，把她抱在懷裡，很溫暖。

小月努力睜開眼睛，看到一張男人的臉在火炬的光亮裡棱角分明，十分的熟悉，十分的親切，在哪裡見過。

小月知道這個人一定靠得住，就像她的親人。她想，夢裡真是什麼事都會發生啊！她又不希望這個是夢了，她不希望他會消失。

小月疲憊地笑了……

# 9 明寫的第三封信

親愛的麥克，

這幾天我都被奇怪的夢境困擾。而且醒過來後還記得清清楚楚，這在以前很少有過。如此真切的夢境，就像親身經歷一樣。

我不知道下面寫這些是不是讓你覺得奇怪？還是我在這塊神奇的土地上真的得到了神秘的啟示？

昨夜我覺得自己身在在一座帳篷之中，幾個半裸體的男人雖然陌生，又很熟悉。他們對我顯出了一種尊敬之情。油脂的火炬芯劈劈啪啪地響著，大家圍著一張簡陋的睡塌上的一個女人。

女人長得如此之美，即使憔悴，長髮披在半面臉上，也遮不住她的高貴和楚楚動人。在我的記憶深處似曾相識，對她有無與倫比的柔情。感覺到有種特別親密的關係。

有人遞過來一盅涼水，我把她摟在懷裡，輕輕地向她唇間餵著涼水。周圍的人自覺地把這份特權讓給了我。

女人睜開了眼睛，一雙微挑的丹鳳眼，一雙深邃智慧的眼珠子，沉靜的像一潭秋水。

「殿下，」女人開了口，我猛地覺得，哦，我是王子殿下。那，她就是我的妻子，「殿下，我終於等到你回來了。」

「是，親愛的伽耶拉加，」我心裡充滿了豪氣，自然地呼喚她的名字，「我會為你報仇的，為英德拉報仇的。」

「是，我崇高的闍耶殿下。」伽耶拉加謙卑地稱呼我。「我從來不懷疑你的英勇和偉大。」

我心裡生出了深深的柔情，「你先好好休息，我去和隊長們計畫軍事行動。」我招手讓幾個侍女過來。

「不，」伽耶拉加拉住我的手阻止，說，「你等等。我有話說。」

我無法一一重敘伽耶拉加的話，她潺潺的話語，像清泉流澈了我的心田。

她說朝堂原來在我的堂弟耶蘇跋摩治下尚可，已經有相當的大臣信奉佛陀，吳哥王國的百姓也有很多信仰佛陀。可是法相特里布婆那迭多要把國家恢復到印度教婆羅門獨大，他認為這個才是高棉的正宗信仰。為了篡權的政治需要，他排擠殺害佛教徒。他雖然不敢明來，卻天天都有各種理由被屠殺的民眾和大臣，郊外的樹下每天都有沒人收拾的屍骸，違於天違於理違於情。

姐姐英德拉王子妃忍無可忍為民請命，隻身去象台王宮見特里布婆那迭多跋摩，向他講述佛祖釋迦摩尼的慈悲和寬懷，希望他不要清洗王朝裡的佛教徒，讓佛教和婆羅門同時造福吳哥王國。可是特里布婆那迭多跋摩當面沒有說什麼，晚上派遣了貼身禁衛隊把王子妃拘捕，投入天獄。

即使從政治考慮他也是要把王子妃作為人質，阻止闍耶殿下回國平叛，爭奪王位。一場災難接著一場，羅睺暴動又接著政變，高棉的百姓實在太苦了，需要太平的生活。

姐姐殉身，她也只有前仆後繼，用信仰和叛臣賊子抗爭。

可是佛祖絕對不會希望因為佛教的弘揚而導致生命的流逝，佛祖的力量是心靈的力量，而不是行為的暴力。謫耶如果殺回吳哥城，雖然能擊敗特里布婆那迭多跋摩和他的軍隊，可是也不能處理跟隨特里布婆那迭多跋摩的眾多印度教徒。佛教本身就有眾多派別，作為政治家，也應該容納其他信仰共存。

……

伽耶拉加娓娓說著，聲不用高，她說的一切在我心中漸成一幅安詳的圖畫。一面聽著，我一面想著，上天賜給我這麼聰慧、善良、美麗的妻子，是王國的珍寶。

陳彥依然認為現在是最好的政治機會，覺得放棄了王位的復辟可惜。不過他同時也理解我個人的信仰抉擇，絕對尊重我的意見。

安頓好王子妃，我轉身走進毗鄰的另一座帳篷，昏暗的火炬光線下一眾將軍在靜候我。

我看見博怕親王和納隆親王也在場，還有久違的占達裡將軍和桑南將軍，都是過去的將帥和巴丁（金轎杆以上官員），我一一和他們致意，能記得住他們的相貌和過去的戰績，就像從來就和他們是朋友一樣。

我凝視著大家，用自己的理解闡述伽耶拉加給我心中種下的的理念，看見大家都很用心地在聽。

說完我環視大家，停頓了一下，我告訴大家我的決定：為了高棉百姓，現在不準備起兵攻擊特里布婆迭多。

我看見有理解贊許的目光，也有失望茫然的目光。不過片刻，將士們一致表示服從我的決定，致禮之後魚貫退出帳篷。我讓陳彥留下在身邊。

我安排他通知準備派兵支持我的王族，特別告訴妹婿奢雅加法美德發（Suryajavarmadeva）耐心等待，並遣散這裡的兵士。作為折中的妥協，留下一支一百人的，不願意離去的精幹將領部隊，由陳彥負責，移營北部山區柏威夏，準備作應變之需。

軍旅之事多麼繁雜，可是我覺得自己很得心應手，是種沒有經歷過的很舒坦的享受。

是不是我的前世就是一位將軍？轉世為人的我是不是本來應該去西點？

早上醒來，久久無法回到現實。

想到夢中細節，我想，當初闍耶跋摩七世能夠遣散義兵不戰，不啟戰禍，是不是就是因為聽了他的王子妃建言？正是他的這個決定樹立了闍耶跋摩在高棉歷史上最偉大的地位，超出了一個帝王的境界。我個人是這樣認為了。

想到吳哥窟後期壁畫中處處有皇后和國王的三人治國雕像，我深深體會其中的意義。在精神上，闍耶跋摩七世和他的王后是一體的。

親愛的麥克，更震驚的是，天亮後當我恍惚下樓到皇后旅館餐廳吃早飯的時候，發現對面餐桌上儼然坐著伽耶拉加！

我以為還在夢中，驚訝之中定睛一看，那不是小月小姐嗎？

是因為小月給我印象如此深刻，進入了我的夢境？還是夢裡的故事就是我的前世？

祝好

明

# 10 歷史學家對轉世的困惑

寫完給麥克的信，明還需要時間獨處，整理一下自己的心緒，一天安排不了別的事情。

似乎一切都遠離了邏輯。作為一個歷史學者，現代文明的精英分子，似乎一切都很荒唐。但是為什麼明不這麼覺得呢？為什麼明會夢見他從來都不知道的故事呢？

明很明確地知道，戰神巴頓將軍就公開過他的轉世記憶。1942 年在突尼斯的巡視中他突然折轉到了一處無名的古代羅馬廢墟前，信誓旦旦地指證，兩千年前就是在此地，作為迦太基戰士的他和戰友們受到三隊羅馬軍隊的攻擊，犧牲殆盡。

明也知道美國佛傑尼亞大學醫學院知覺研究系的斯蒂文生教授（Professor Lan Stevenson）研究前世知覺逾 40 年，他記錄了幾千例類似的前世知覺。他的學生和繼承者，佛傑尼亞大學醫學院精神病和神經行為科學系，繼續在做這方面研究。

說是研究，其實是流行病學的追蹤記錄，並沒有轉世的結論。可是斯蒂文生教授記錄的都是三歲以下的兒童，而且也沒有穿越到一千年以前的案例啊！

明獨自一人在暹粒市漫無目標地逛了半天，琢磨不出來自己是怎麼回事。但是他相信夢裡的事真的曾經發生過。可是為什麼是自己呢？是因為自己確實是前世的輪迴，還是因為自己深入研究高棉王朝和法老埃及的神秘聯繫，而被托夢？

明想到是不是應該去問一下父母，可是他肯定父母不會比他自己知道的更多。

當人研究遠離自己的事物時很容易保持客觀，所以唯物主義很容易被理解。可是當人研究和自己相關的事件時就容易變得主觀，尤其沒有參照物時，不是大師想要要理清楚大概都不是容易的。

明和自己掙扎了幾個回合，只好暫時放棄努力。

暹粒市說是城市，其實應該是小鎮，還有一處曾經的西哈努克親王的行宮，白色的小房子。

「既然曾經是王國執政者，為什麼稱親王而不叫國王呢？鄰國之泰國，就叫國王。」明百無聊賴地在行宮門前的小道上走了一圈，看到有一所寺廟，信步走了進去。

廟宇香火很旺，據門口接待說是因為菩薩很靈。因為研究的需要，明去過很多教堂寺廟，心裡不管怎麼想，每次都很尊敬地入鄉隨俗。

明買了敬香，點上，跨上幾步，持香鞠了三個躬，虔誠地低著頭。

這次不是為了應景，他心裡琢磨應該向菩薩訴說什麼呢?不知怎麼地他想起了小月。

這姑娘雖然開朗快樂，可是明注意到一個人的時候她往往臉色落寞。那就求菩薩保佑她健康快樂吧。

明又想到了那個先祖闍耶跋摩，這下太複雜，也不知道求什麼了，那就求自己能知道真相吧。明覺得自己變成了功利拜教，看來倒是挺自然的。

出得門來，幾棵高大的棕糖樹上喜鵲恬噪著，是個好兆頭吧。明知道高棉過去沒有喜鵲的。

暹粒市內除了供遊客住的「星級飯店」，其餘都是簡陋的二三層樓房，好像七十年代中國大陸的一些城鄉接壤地一樣。向街心搭出來的商蓬賣著榴槤，鳳梨，椰子等熱帶水果，個頭小，可是很甜，一定是非轉原生態。因為化肥、農藥都需要進口，貧瘠的百姓如何買得起?當地人從來也不漚有機肥，認為不潔。

暹粒國道6號路邊上的小巷子裡燈紅酒綠，時不時能聽到街邊小酒店傳出國外也正時興著的流行音樂，進出的多是來暹粒旅行的背包客。成群的當地孩子露著早熟的眼睛用英語、法語、西班牙語、中文輪流著向遊客要錢，一旦拿到幾張美元或者人民幣就會歡呼著飛奔而去，這位施捨者就得面對聞聲湧來更多的孩子。

現在的高棉孩子還是幸福的，他們不必再面對上千萬的地雷，轟隆一聲失去了四肢甚至生命。形形色色的遊客總好過五花八門的軍隊。明知道這樣的軍隊和災難在歷史上只會留下一句話記載，可是不幸遇到他們的人民卻要為之灰飛一生。

個人的權力和人民的生存，從來是人類歷史的選擇題。

明走進一家拉著霓虹燈的飯館，要了一份炸雞，啤酒，好像是韓國連續劇的風味？看了會舞臺上表演的高棉舞蹈。

女孩子們穿著緊身的高棉傳統服裝，和她們幾百年前的的祖上不同，渾身上下除了光腳，裹得紋絲不漏。頭頂著高塔一樣的帽子，隨著音樂扭動著手臂，身體可以紋絲不動。

明留下二十美元，跨出飯館，又給了守在門外的孩子兩個美元，乘著難得的星光，信步往下榻的皇后旅館走回去。

可能是過分糾纏在夢境中，明沒有注意，突然聽到身邊一聲急剎車，回過神來，只見一名員警從電線杆子的影子裡閃出來攔住了明的去路，反而示意車子離開。說了半天明也沒有明白自己違反了什麼規則，需要交付 50 美元的罰款。如果不要發票，可以只交十美元。

交了錢，員警驗過護照，讓明離去。明有些感歎這樣明目張膽的潛規則，不過對待這樣的慣例明還是抱著寬容的心態，就像過海關要交小費一樣。

國家機器要運轉當然需要潤滑油，不同的是有錢的國家油是從源頭上流下，自然沁潤到每一個齒輪；窮國家的油需要用加注槍直接加到各個關鍵點，能夠更加節省？

可是那個用帽子遮住大半個臉的員警讓明覺得這裡的員警從裡到外長得都一樣，雖然員警並不多見，難道個個是從土耳其來的嗎？不過這些並沒有破壞明的平靜心情。

# 11 微笑高棉人性之愛

回到旅館，明繼續在電腦上接著給麥克分析自己的夢境，最後扯到靈魂是不是永恆，扯到平行宇宙裡往生的人，沒有證據，自然什麼也說不清楚。

躺在床上，明想起了小月，她的笑容和真誠的眼光把一天的困惑都驅散了。既然那個小月和那個伽耶拉加長得那麼像，小月她會不會也有類似明做的夢？

明想著想著突然來了精神，看看時間已經晚上十點半，因為白天勞頓，遊客這會兒多半已經在床上了。在微信上找到了小月的頭像，「清風明月」，明愣了一下，這個代號也太蹊蹺了吧？

「睡了嗎？」明開始問候。

及時回了個大咧嘴的表情包：「還沒有。今天怎麼沒看到你？」看來是等著明的問候一樣，可能小月也真是等著呢。

「去哪裡了？我沒有準備好，在市裡面晃了一天。」明倒不知道該說什麼了。

「哦，今天不太有勁，幸好你也沒有去。」不知道是不是因為沒有明一起去，小月才覺得沒有勁了。女孩子往往拐彎抹角表達自己的意思，有時候聽的人倒誤解了。

「哦。」明似乎不想繼續這個話題。頓了一會兒，兩人都沒有繼續發言。一會兒還是明又說了：

「這幾天我老在做夢，很有意思的夢境。」

「哦。」這下輪到小月此處無聲勝有聲了。小月是不是想到自己的夢了？半晌明又問：「你睡著了嗎？」

「沒有啊！在等著聽你說夢呢。」小月倒來了興趣，女孩對異性對她說的夢都有一種天生的好奇精神，「夢裡有誰呢？」

「嗯，好像應該有你呢！」明急急地想進入主題。沒有回答。

「我挺希望你也有那樣的夢，」明說了馬上覺得不妥，「哦，很多夢和現實想去很遠，難於實現。」

明覺得自己越說越離譜，但是也無可奈何，本來半夜三更不是說夢的時候。

「願意幫你實現你的夢想呢！」跟著一個天真爛漫的表情包。其實爛漫是真的，天真卻未必。

這下明洩氣了，知道要問出小月有沒有做過類似的夢，陷阱重重。

電磁場在牆的兩邊沒有了波動。

「你可以來到走廊上嗎?」明鼓足勇氣問。

夜裡旅館房間外走廊裡沒有人。明想約小月去旅館大廳裡坐下談談，這個時候去對方房間不太禮貌。

電磁場恢復平靜，沒有回音。明覺得自己又問得很蠢，幾乎對自己絕望了。

小月對明的邀請感到有些曖昧，自己的煩惱事一下子沖到腦子裡，想到如果應邀去走廊約會，一定會發生什麼，怎麼回答都不妥當。

想著想著，命運之神似乎走過了這個時間的縫隙，夢就不好再說了。不說有時候比說更明白。這下明有些坐立不安了，最好的辦法是不再聯繫，乖乖閉眼吧。

過了一個鐘頭，電磁波又振動起來。「對不起啊，明老師！」不知道為什麼小月把明稱作老師。「我剛才去同伴的房間玩牌了。」

女孩子天生都是外交家，她們能夠不露聲色地暗度陳倉，四兩撥千斤地分分鐘就避免了雙方的尷尬，大家明天還是要見面的嘛。

所以是不是看到了明的邀請就不用再提起了。

「哦，沒關係。」明知道小月是給自己臺階，趕快少說為好。但是小月的倩影這下反覆留在眼前，一臉善良的神色，真誠的眼光裡有沒有機敏呢？明只好老著面皮真當小月是不在場吧。

真能睡著嗎？兩個房間的人各想各的，半天都進不了夢鄉。

時間指著凌晨四點了，明覺得還是應該紳士地多說一句，為自己的不當言語對善良的小月道個歉，反正她也睡著了，天亮了看到自己的微信明白了自己對她善良的歉意，再說自己也不一定能按時醒過來呢。明不想錯過早晨第一個致意的機會。

安靜了幾個鐘頭的電場又波動起來。「對不住啊小月，別生氣啊。我的意思沒有表達清楚……」

可是剛把微信發出，叮的一聲，意外地收到了回音：「我在抓蚊子，被咬醒了。」明嚇了一跳，不知道該說什麼，又是一個「天涼好個秋」。

「哦，」帶著一個關切的表情包，趕緊把手機關了。

安靜的旅館，睡不著的人。

第二天明遲遲才起身吃了早飯，小月和她的小夥伴們已經在門口等他了。

倒是快樂的同伴們對著明說：「去不去巴戎寺？」

「當然當然。」明不迭聲地答應，若無其事地一起搭車走了。

「有同伴真的很好。」明在心裡琢磨，想著如果麥克一同來一定會有所不同。

在巴戎寺，小月伸出胳膊撩起袖子給明看蚊子咬的包，說：「你看，蚊子咬的這麼大。」似乎在證明她所言不虛。

這只蚊子也是命運之神化身？關鍵時刻給了小月一口，算是對她言不由衷的教訓吧。

看著包挺大，明也不知道是不是應該表示心疼地回答：「蠻厲害的呀，沒睡好吧？」

「嗯！」明最喜歡小月這種用力的回答，一定是暗暗點著頭的。

「不生氣吧？」不知道為什麼問了這句。

「沒有啊」小月照例一臉無辜的表情。生氣是沒生氣，可是兩個人都知道為什麼半夜沒睡好。

有的人一句話一個眼神就可以造就幾十年的親密關係，有的人就是使勁往上擠也老是會從車上滑出來。

巴戎寺是佛教寺院，是闍耶跋摩七世晚年的時候為自己建造的，以佛教境界的須彌山為藍本，建在三層基臺上，每層基台有圍廊。全寺連五個城門共有石塔53座，每座有佛像四面，共有佛212面。據周達觀的「真臘風土記」裡記載說佛有金箔包裹，鑲有寶石，金光閃閃。

十五世紀入侵的暹羅軍隊剝走了金箔、寶石，摧毀了帝國。

現在的佛像雖然沒有了金箔，可是臉上的微笑比金子更可貴。因為是佛教寺院，又是闍耶跋摩七世建造，佛陀的面容以闍耶跋摩七世的面相為模型，那種安詳，深邃的表情，半閉的眼睛，比蒙娜麗莎更神秘慈愛的嘴角，讓人不由自主被感動。

因為是比照自己的面容雕刻，闍耶跋摩七世命令雕像不能坐在蓮花座上，只能頭頂蓮花冠。

所有壁雕的故事，不再有神話裡的爭鬥，而是王國復興的兩大戰役，和市井百姓鬥雞走狗、煮飯蒸魚的家長裡短。高棉帝國的思想已經走在人性平等的境界。

叢林中的帝國被時間淹沒了，可是叢林裡的微笑堅持了一千年。這個微笑和時間一樣永恆，從每一個角度告訴後人「緣起性空」，因為你，我才微笑。

高棉的微笑。

難得的太陽天。大家繞著基座走廊慢慢觀賞壁雕，就像看著清明上河圖那樣，時不時露出會心的笑容。小月的同伴們隨意地笑著，說著。世界有她們真好！

小月似乎有什麼心思，落在後面。蚊子的一口大包雖然落在手臂上，在她的心裡顯然正發著酵呢。本來就是，明的欲說還休，讓姑娘家如何自處？

明倒顯得少心沒肺，東張西望，隨意按著快門。

明的心裡其實也並沒有閑著。他知道這裡往西半里路處有座巴芳寺，曾經雄偉壯觀。因為上世紀七十年代初的內戰，中斷重建，編了號的原建材失落了相互關係，後來的維修者至今沒能把這些分散的石塊重新放回原來的位置。可見思想也好，感情也好，這根讓它們相互維繫的細絲一旦失去，整體的內容就什麼都不會留下。

時機是命運之神工作的秘密，抓住時機才會讓命運大門洞開。

在登上第三層臺階的時候，發現透過敗落的窗框，正能看到有微笑的佛像，敗落和永恆的對比。明有點感悟，提起相機照了幾張，然後輕輕拉拉剛剛走過身邊的小月示意。可是小月手臂被拉了，人卻彷彿沒有知覺一般繼續往前走，連頭也沒回一下。明尷尬了一下，只好大聲叫她一聲，用力拉著她的手臂。小月好像才聽到一樣，回頭說：「啊？」然後聽話地坐在窗臺上。

拍了幾張，小月好像活過來了，動人的微笑自然流出。明看了看拍下的樣照，覺得很好，高興地告訴小月。小月飛一樣地從臺階上跳下來，緊緊挨著明的身側，看著他手中的相機重放。

明感到了小月的體溫和壓力，他一動也不願動，靜靜地體會著小月的溫暖。

自從那個亂哄哄的夢後，小月對身邊這個男子的好感飛快地升級。她基本搞不清夢中那種含糊的危險是什麼，只覺得一定是身體不好，容易做噩夢。至於為什麼夢裡的明那麼有魅力呢？小月臉紅紅地也說不清楚。

巴戎寺的浮雕顯然沒有她自己的心思重要。

她當然不知道明的心情要比她複雜的多了，更不知道明也在為夢境困擾著呢。

有明出現，小月就覺得心情特別好。她很喜歡明鎖緊眉頭思索的樣子，好像參觀旅遊是多麼重要的問題一樣；也喜歡聽明給她絮絮叨叨地講景觀歷史，雖然並沒有聽進去多少，可是喜歡聽見他的聲音。

可是一想到自己回去要複查健康，心就一下子冷了。小月悄悄地歎了口氣。

# 12 闍耶請吳墒出山

在十二世紀，東南亞還沒有被幾百年後的厄爾尼諾現象那樣肆虐，土地還沒有被乾旱龜裂，東南亞最大城市的人口也還沒有被缺水少糧和瘟疫驅趕殆盡，吳哥是個富足的人間天堂。

高棉王國本來地處亞熱帶，雨水充足，根本不用努力耕耘管理，甚至用不到東亞農耕文化使用的人畜肥料，雙季甚至三季稻米就很豐產。人民長期信奉印度婆羅門教，有根深蒂固的階級概念，雖也有潑皮無賴，但很少有枉法亂紀的行為。自佛教從斯里蘭卡傳入之後，很多高棉人改信釋迦摩尼，貴族、朝廷也深受影響。

因為印度教，佛教都是出世的信仰，百姓生活十分簡樸貧困。人民世世代代居住在高腳樓，也就是竹腳高搭的茅草屋，一來可以防水防蟲，二來可在樓下養些牲畜，堆些雜物。可是畢生的精力全都奉獻給了君王和祖宗、信仰。

高棉匠人主要是石匠，也就是那種世世代代為皇家和神仙砌廟宇的匠人。

高棉匠人另一種技能就是製作刀劍，盔甲。高棉古代士兵多赤裸上身，下體著丁字褲，褲腰繫綬帶以辨明身份階級，只有軍官、高級衛士才有甲冑頭盔，將軍級別的頭盔甲冑還有精細的裝飾。高棉族人自古佔據了整個東南亞半島，所向披靡。這個瘦小但是又精幹的民族自古好勇鬥狠，千年來不但和外族鬥，也在本族內鬥。這點亞洲和歐洲十分不同。

當然這就需要一些挑頭的人，但是挑頭從來不缺人。從草民布衣出身想要挑戰神權王座的，是亞洲的文化基因，而在歐洲鮮有先例，也絕無成功之可能。拿破崙波拿巴算是例外，但也不是靠武力豪奪。

漢高祖看著秦始皇帝出巡的豪華排場，「有種乎？」就是對神授皇權的挑戰。那個年頭高棉羅睺暴動，特里布婆迭多叛亂，都是覺得王座可以不神授，但是著手做起來還是要打著宗教、神跡的幌子。

能看破世間集體迷信的，是高人；但是不屑利用集體迷信的，是聖人。

闍耶跋摩復辟之後廢除了神授皇權的迷思，立佛教為國教，敢為人先。

首都耶輸陀羅補羅城外五十里地鄉下，就似世外桃源了，世上的腥風血雨，都傳不到這裡。

路邊的河面有一間草屋，架在六根竹子上。和其他高腳屋沒有兩樣，就是和神廟陵寢完全兩個極端的那種高腳樓，屋子邊上泊著一葉小舟，一看就是個捕魚為生的主人。不同的是主人是一位不愛聲響的中年人，雖然衣著普通，可是面容高貴，平時與人和善，眼睛偶爾看人就像一道閃電。

當年的首都，集中有近百萬人，號稱當時世上最大的城市。但是鄉間山裡，人煙稀少，當地人叫做「野人」的，才居住在這種地方。自然比首都落後幾個檔次。

這天主人像往日一樣收工回屋，正在收拾他的漁網，遠處慢慢過來兩個人。主人閃身進了草屋，顯然是不願意和陌生人照面。可是來人就是在草屋前停下了腳步。

看著來人蒙著斗篷，後面跟的也披著短褂，卻是一位僕人，看來眼熟。看到來的是一位貴人，主人在草屋的暗處問了一句：「客人找誰？」

「是吳公嗎？」來人直截了當。

屋主人應聲出來。來人掀開了斗篷，雖然已經是暮色，斗篷下的雙眼還是炯炯有神。

「殿下！你讓我想的好苦啊！」聽見聲音，屋主人出了草屋翻身下拜，雙手緊拉來人的斗篷下擺，來的正是闍耶王子。

讁耶立即緊握對方雙手，扶將起身。屋主人正是失聯多年的大將軍吳墒，「進屋談！」

草屋並無任何傢俱，一盞油燈放在了地上，一個錫鑵盛著水，算是主人身份曾經不菲的象徵。兩人相對盤膝而坐，忠心耿耿的阿萊立在屋外警衛。

兩人把相別以來的經歷稍稍都說了一遍。吳墒說：「殿下來找我，莫非需要重振旗鼓，復辟王室？」

闍耶伸出右手，手掌向著吳墒，暗示莫急。

闍耶除了是個虔誠的佛教信仰者，還是個傑出的軍事家，政治家。他的軍事才華在他父親陀羅尼因陀羅跋摩二世的年代得到了充分的發揮，帝國的疆土基本是靠著闍耶王子領軍保衛和開拓的，所以他也得到舊軍隊將士的崇拜和無條件服從。

闍耶深知在王國目前如此混沌的局面下，國人信仰混亂。殺戮的隨意，生命的朝不保夕讓人民甚至沒有了信仰。即使自己攻打吳哥城能夠得勝，可是一來朝野混亂，無辜生命失去，絕對不是佛陀理想的局面，二來高棉人民目前最需要的是恢復信仰，建立生命和民族的信心。

在沒有媒介傳播主義，沒有精英階層說教的時代，權力除了來自王權神授，就是宗教背書。王權的神授已經被草民高人搞亂，社會上下個個都躍躍欲試舔一下刀頭血，民間山頭林立。政治家闍耶明白，只有請出神蹟，才能說服天下。一來重整人民信仰，萬宗歸一，二來振奮民心，必要時能從政治上得天下，兵不刃血。

陳彥的留守軍隊已經移師北部山區柏威夏。百人的部隊相對沒有軍餉的壓力，有老貴族私底下的支持，部隊重在積累軍需、武器、給養，馬匹和武器都處在優良的狀態。闍耶暫時也在軍中，主要讓妻子休養恢復。夫妻兩難得有這樣的閒暇可以交流，相愛，討論經法，相約有一天可以一同去佛陀的故地進修，取回真經。

在與妻子伽耶拉加多日討論之後，兩人得出了共同的認知：當年祖先在高棉立國，國師都是從印度來的高僧，除了傳承了神人之間的神秘交流，還建設了婆羅門教的規模框架。目前起兵復國，要有重量級的宗教標誌，只有請來佛陀釋迦摩尼的舍利子，才能振奮佛教徒的熱情和歸順一眾百姓。而能請到舍利子的可靠地方，是遠在印度的迦毗羅國。那是佛陀的出生地。

闍耶的主意是高招。從來對不同宗教的征服都是刀頭的征服，單靠說服傳教只有在宗教未開化的地方有效，在宗教成熟的地區幾乎不可能。

一千多年前薩拉丁對基督教區的征服，西方的十字軍東征，中亞原來的佛教國家因為唐軍高仙芝在怛羅斯大敗而被阿拉伯帝國收歸伊斯蘭教，在在都是暴力。即使在此十幾年以後，伊斯蘭默罕默德加久王在征服佛教聖地那爛陀寺的時候，士兵持刀守住大門，一個個追問幾千位僧人是不是願意改隨默罕默德，不同意的當場一刀斃命。可憐八千信徒無一願意，印度的明珠、佛教的聖地那爛陀寺被一炬焚毀。這就是宗教的慈悲！

歷史書裡簡單的一句話裡埋沒了多少血腥！而闍耶和伽耶拉加的主意卻是用信服來收服高棉人民。

「只要殿下需要，吳墒在所不辭！」要從閒散漁夫立即改變角色，恐怕沒有某種心理素質不行。

「不，王子妃要親自去請。」闍耶輕聲回答，「她認為皇家的成員親自前往更虔誠，更容易成功。而且她也願意親自前往朝覲」

「哦……」吳墒的聲音露出了些許失望。

「不過我願意你能和她一起去，有你同去我才放心。」闍耶難得用了商量的口氣。因為此去迦毗羅國上萬里，途中艱險絕對不亞于當年唐僧西行印度取經，有吳墒這樣智勇雙全，忠心耿耿的護衛，自然是闍耶的理想。可是這個又不是吳墒非要答應的差事，譎耶心知肚明，所以和吳墒商量。

「願為殿下效勞！」吳墒毫不猶豫。這就是身為軍人的吳墒，只要是任務絕不思考自己的意願。

「可是，太子妃能吃得消嗎?這一去……有萬里之遙吧?」這才想到具體情況。

本來從高棉去印度，可以在如今緬甸南部的耶城下海，航行過孟加拉海灣到達南亞大陸。可是當時離耶城也是幾千里，闍耶軍中的條件無法置得航海的大船和槳手，何況海況也是謫耶沒有經驗的，更不放心。至少陸地感覺更熟悉，更能駕馭一些。

他們還是小看了路途的險惡。

走陸路需要繞過北部的扁擔山，沿著甘烹山脈一路向西向北。謫耶雖說曾經在北方征戰，可是也沒有去過那麼遠。緬甸當時的阿拉干王國的北面是原始大森林，野人山，八莫，密支那，臘戎，千年後貝聿銘的十萬遠征軍在此都死亡過一半。

即使進入現在的孟加拉境內，沿著海邊走，雖然避開北部雪山高原，可是還有幾十條大河構成了極難的行程，最後才能向南進入印度。至於尋找迦毗羅國，請回釋迦摩尼的舍利子，更在不可知之數。謫耶找不到嚮導，只得到一張多年前高僧傳下來的粗略的路線圖和不可靠的空間比例。

闍耶現在所有的只是王子妃的堅定信念和獻身精神。

闍耶能夠同意妻子遠去求佛陀舍利子，是因為他最明白伽耶拉加信仰的純淨和不折不饒的堅毅精神，因此他明白勸阻妻子不如鼓勵、支持她，如果不是軍中必須有帥，他會親自陪妻子前往。而現在，吳墒將軍是他的最佳選擇。

吳墒的獻身精神和王子妃不同。他面對的是去解決所有細節上的問題，無論困難多麼巨大，毫無退卻的餘地。

闍耶離開後第三日，吳墒踏上去柏威夏的路途。正是風蕭蕭兮秋水寒，壯士一去兮能否還？

就在吳墒和太子妃準備出發的日子裡，高棉的政局又大變。占婆國王斯里闍耶因陀羅跋摩四世率領一萬穆斯林軍隊，長途跋涉，攻陷了吳哥王城，殺了篡權的特里布婆那迭多跋摩，在首都屠城，用伊斯蘭法制約耶輸陀羅補羅。目前還看不出他們是要長久佔領吳哥呢，還是搶掠之後回占婆。

這次闍耶在民族、帝國、信仰生死存亡之際毫無退路。伽耶拉加和吳墒的出發也推遲了，他們的任務賦予了更複雜的含義，在外族侵略之際，高舉高棉王國的理想和價值之旗。

這一耽擱就近一年。

軍營的氣氛很緊張，時時有探子回來報告情況，闍耶整天和陳彥及眾將領討論時局。大家覺得現在天時地利人和，是揭竿而起，以王者之師收復國土的時候了。

軍營裡的氣氛激動不已，軍士們個個摩拳擦掌；吳哥王朝的遺老紛紛和闍耶取得聯繫，為闍耶籌糧籌款，召集散兵游勇，招募新兵。

王子妃伽耶拉加過去從來不在軍旅之中，現在倒也熟練地整天為軍隊後勤忙碌，回帳後對夫君又體貼入微。想到要離夫遠行，王子妃也生出柔柔的愛戀，她已經把夫君和信仰合二為一，義無反顧。

闍耶是見過大世面的統帥，他的部下也是久經沙場的軍人，他明白要和強大、占著王城的占婆正規軍相抗，一舉復國，自己需要一定的實力，不可輕舉妄動。

眼下就是招兵買馬，訓練新兵。以時間換取空間。占婆軍也風聞闍耶的動靜，也想擊潰初具規模的高棉軍。可是在那個時代，對付游擊隊是絕無把握的事，何況在密密雨林？不如捲縮在耶輸陀羅補羅，坐等天神的判決。

現在的闍耶王子就是高棉帝國的象徵，高棉的貴族，人民，舊軍人自動地向他靠攏，幾個月就聚集了七八千人。

伽耶拉加也表現出了傑出的組織和鼓動才能。除了婦女後援，她還積極參與軍事戰略規劃。得闍耶寵愛和將士的敬重，伽耶拉加才獨有這份機會發揮才華。

吳墒沒有對戰爭有任何思考，全部時間用來充分準備，在軍中挑選了兩名軍士，準備好盤纏和隨身武器，跨上馬匹，護送王子妃一同出發去迦毗羅國。

在備戰的喧囂中，闍耶將他們一直送到扁擔山下，依依不捨，相約明年秋後相見。此去凶吉未知。

# 13 睡美人之塔普倫寺

闍耶跋摩在重建高棉王國之後，為他的父親陀羅尼因陀羅跋摩二世修建了聖劍寺，給母親斯裡闍耶拉加庫達瑪尼皇后（Queen Sri Jayarajacudamani.）建造了塔普倫寺。

闍耶跋摩堪稱大孝子，在他有了權威之後，最先建造的就是父母的神廟。這和他父母不明原因的突然死亡而心存內疚也有關係。

聖劍寺傳說有國王的神授寶劍保存在內，今已不見。存放靈骨的石塔內，穹窿頂開口，每年春分秋分那天的陽光可以在正午穿過開口，照射到塔內靈塔。傳承了埃及阿布辛貝神廟同樣難於複製的傳奇。

塔普倫寺廟同巴戎寺風格，華麗秀美。壁上原先嵌入了大量的寶石，金碧輝煌。原先最外層的圍牆長達一千米，現存的寺廟圍繞著美輪美奐的回廊，頂端有成列的仙女Apsara，飄逸浪漫，又美稱「舞者長廊」。

寺廟供奉智慧女神班諾菠蘿蜜多（Prajnaparamita），據說是按照謫耶跋摩七世的母親的相貌雕刻，栩栩如生。

步入回音塔，用力拍胸會有洪亮的回音。有說闍耶跋摩想念母親的時候就來到這裡捶心和母親交流，所以又稱「敲心殿」。

聽到這個詞，人人都能體會闍耶跋摩內心的痛楚和對母親至深的懷念。

闍耶跋摩復辟後，奉大乘佛教為國教，母親靈寺當然地供奉佛陀。

寺廟常年供養著 12000 名僧侶，其中高階祭司有 18 位、舞者 615 位，日常生活是由附近的村落，共約 79,365 個村民所提供。這是擁有高僧、祭司、舞女的廟宇和修院雙重身份。香火之旺！

闍耶跋摩還史無前例地供奉了觀音菩薩，建立了龐大的修道院，打破了女性不得出家的規矩。

高棉的建築非常特別，沒有祖傳的技藝是無法把磚塊、石塊壘得筆直，還要搭出非凡的拱穹。

歐洲宗教建築的穹頂沿襲了兩千年，從羅馬的圓柱圓頂到拜占庭的圓頂方座，哥德式的飛肋拱頂，花俏的巴洛克，每一種結構風格都有他的來龍去脈，以及代表建築師。

吳哥窟寺廟群的拱頂結構是由牆壁上的石磚逐級水準內錯，最後在中線合攏，再放上蓋頂石而成的疊澀拱。這是源自印度宗教「疊澀拱方得安息」的儀式需要。拱頂的內壁呈葉尖形，有木質天花板覆蓋的部分，拱頂末加修飾，拱頂的外觀光溜，截面幾近半圓，正提供山牆的外部。

歐洲教堂的宏偉主要在內部空間，讓人仰望而心生崇拜。吳哥寺廟的宏偉在外部建築的層層拔高，隨著步步上升，朝聖者心靈頓生仙境飄渺。

當年吳哥寺廟雕刻的精美絕倫，現在大概可以從印度焦特布爾附近耆那教寺廟裡繁複的雕刻上一睹真貌。

如果高棉建築師雕刻師活在文藝復興後，一定名留青史。

卡普倫寺除了有最精美的建築和浮雕，還有用肉眼可見的時間：巨大的喬木。五百年的種子和五百年的陽光雨水，已經長成岑天的大樹，相嵌在磚石的方方面面，擁抱著寺廟石窟。

有的幾乎懷抱著寺廟，似乎要向上天提升整個建築；有的盤根錯節，巨大的根系在行道上匍匐蔓延，甚至翻起巨石；有的盤繞著精美的雕塑，幾乎穿過雕塑上每一個細孔……

吳哥盛產木棉樹。這種樹能長到二十多米高，樹皮灰白。二三月分早春來臨，滿樹的紫紅花朵一片燦爛，花冠五瓣，如火如荼。五月份果實在樹上爆裂，種子和果實內壁成白色棉絮隨風四散，如夢如幻。

可是木棉樹皮肉不緊，雖然因此可以做成棉被、織布，可是樹身極易變空，一旦被絞殺榕纏住，就會被對方吸盡肉身。

如此美麗浪漫神秘的寺廟，整個就是一個童話世界，《睡美人》。

美麗的小公主遭到巫婆的詛咒，被紡錘扎傷，從此沉睡了一百年，王宮裡所有的東西都睡著了，火爐裡的火也睡著了，大樹、藤蔓滿滿淌長出，王宮被森林淹沒。好久好久以後，一位王子闖了進來，在密林的王宮裡找到了沉睡的公主，一吻之下，公主甦醒過來，王宮也甦醒過來，壁爐裡的火也燒起來，僕人們忙忙叨叨。王子和公主舉行了盛大的婚禮……

看著這些如夢如幻樹林裡的王宮寺廟，小月實在是被迷倒了。這個單純的姑娘自來到吳哥窟後一直感到快樂，童話一樣的畫面，原生態的生活，尤其是遇到了明。

當命運之神安排邂逅之後，後續故事不用說明情由，都留給了當事者自己領悟發展。這才是緣之精髓。

明學者一樣的風度，探險家一樣的目光，當他看著自己的眼睛，小月就覺得有說不出的信任，自己的煩惱全都扔到爪哇國去了。明對自己明顯的好感，讓她覺得快樂。回到旅館，同行的姐妹們好心地打趣她，小月傻傻的無法自衛，只好做出神經大條的樣子，任她們說去。

明給自己拍的照片，色彩啦，畫面啦，自己瞬間的表情啦，讓小月發覺自己從來沒有過的美麗。明給自己絮絮叨叨的講述，歷史啦，藝術啦，他自己的見解啦，讓小月心生由衷的佩服。

明自告奮勇要和小月的團隊一起遊覽（明已經從考察轉換成遊覽了，自由心證啊！），小月知道是為了自己，心裡很有些開心。走在高低的石板路上，小月會情不自禁地偶爾靠在明的手臂上。

走在回廊裡，聽著明給自己講謫耶跋摩給母親造寺廟的心情，小月對這個無緣見面的高棉國王生出同情之心。當他思念母親的時候一定是多麼撕心裂肺啊？小月想起母親因病去世的時候自己是怎樣暈過去。她回過頭去看了一眼明有點憂鬱的輪廓，心想這個男子會有怎樣的母子情懷呢？

跨進敲心殿，裡面陰暗的光線和神秘的氣氛讓小月暫時收回了心猿意馬。她努力地捶著瘦小的胸脯，被明一把拉住她的胳膊。

「別傻了！」明有點擔憂地說，「估計你捶扁了你的小胸脯也聽不到聲音的。」

「為什麼？」小月的聲調第一次表示出了她的不滿。

「你不要忘記闍耶跋摩是個身經百戰的將軍，孔武有力。」明又不自主地露出了他特有的說服力，「他的手臂就像鼓槌，他的胸膛一定像蒙著牛皮的大鼓。你的……」明故意停頓下來，向小月看了看。

小月不由得漲紅了臉，估計黑暗中明也看不到，心裡好過了些。

「嗯，有道理。」一副不在乎的口氣，讓明暗自好笑，也覺得她的可愛。

在明看來，小月的一笑一顰都是可愛的。尤其在大夢之後，明處處對小月細加觀察。

「要不你試試？」小月挑戰地說，實際想掩飾自己的尷尬。

明示意了一下背的相機，用西方孩子直率的方式說：「我不試。我估計能聽到的回聲大概也是自己胸膛裡的？既然別人都聽不到，那一定是把自己捶暈了，嗯，暈圈了，」明用了一個剛從小月學來的詞，也不知道是不是合適。

兩人相向一笑，好像已經能夠互相理解了。小月又很佩服明的解嘲急智。

西方的年輕人當眾能夠要電話號碼，表示願意親近，是因為他們知道周圍人不在意他們這麼做。可是中國大陸的年輕人能在自己熟人的眼前明白對陌生人表示好感，那是豁出去了。

小月現在就是這樣。她已經無法判斷自己的言行是否越過了自己已經熟悉了幾十年的規範，她覺得很自然，很快樂，被眼前的這個年輕人強烈吸引，好像他們什麼時候早就是朋友了。

轉過一處窄門，忽然看見一排帶拐角的磚石房被兩棵巨樹的根系覆蓋著。這正是一棵被絞殺榕大力盤結著的木棉樹，後者的肉體都已經被絞殺榕吸收，兩樹合一。巨大的絞殺榕的鬚根像大章魚的觸腳，滿房滿地地爬伸，有的深入到溝渠。走近細看，也有榕樹的鬚根穿過浮雕仙奴的縫隙，鑽入佛雕後面的石牆，不知去向。

小月徹底被眼前的景色折服了，她有種衝動，願意化身為木棉樹，融化到巨大的絞殺榕裡去。

又像在童話故事裡，受了委屈的自己長眠不醒，就是等待心中的王子，哪一天披荊斬棘來到身邊，深情一吻，樹木、藤蔓都漸漸退去，僕傭川流，盛大的舞會和婚禮就在燈火輝煌的宮殿裡開始。就像在舞臺上看到的那樣。

這一切都似曾相識，小月記不清是在夢裡見到過，還是看芭蕾舞《睡美人》的印象。至於她心中的白馬王子如今是誰？只有小月芳心自明。

# 14 不眠的美人千年的皇后

塔普倫寺裡有許多奇妙的景象，來這裡尋古的人總能發現很多與他人不一樣的體會。

500 歲高齡的巨樹們高屋建瓴，高來高去，巨大的樹根們不但飛瀑而下，而且行走屋脊，似乎因為上天無門，只好在屋脊的巨石上觀天。

高大的木棉樹的樹身往往會跨在牆頭兩側，就像《魔戒》裡的樹人正翻牆而入。因為白天呈金色晚上銀色又稱金銀樹，實際上是光線變幻的效果。

奇特的燈油樹用火燒就會滴出燈油來，給千年來的的高棉之夜帶去光明。斑駁的城門被榕樹根系掛在前面，象洞前的水簾，旁邊石板上用梵文記錄著寺內藏有 500 多公斤金碟，35 塊鑽石，40620 顆珍珠，4540 顆寶石。

好萊塢巨片《古墓奇兵》給塔普倫寺引來了不少「古粉」，為了防止他們追尋安潔莉娜・裘莉掘寶，或者在她曾經的倩影流芳之處留影而擠壞了古蹟，管理處還特地在地上鋪上木板，在石窟門楣上移民了馬蜂窩，可算是絞盡心思。

按聯合國文教組織分派，塔普倫寺歸印度維修保養。出於他們對古代印度文化的深刻理解，印度考古工程師在整個寺廟一共只砍掉了兩個半棵樹，理由是保持廢墟的狀態，才是最佳的維護。

……

一路走，明一路和小月交談，有的是介紹，有的是看來的傳說，也有自己的體會。小月的笑意開放在細細的眼裂和抿住的嘴角，越發顯得可愛。

因為要考察吳哥的神秘內容，明沒少仔細翻閱能夠找到的相關資料，包括最新探地雷達航拍的地下吳哥城位置，和一些奇奇怪怪的旅行記錄。現在的他更想一探幽徑，找一找塔普倫寺的精華。

「想不想和我一起去看看一個有趣的地方？」明儘量用平實的口氣問，避免任何不當的誤解。

「嗯！」小月努力地點著頭，一點沒有思考就回答。

「好吧，」明避開她好奇的目光說，「我也不很肯定，不過值得一試。」

「好。」小月的回答簡單明瞭。

心裡暗暗期望會有什麼發生，她的潛意識中頗為後悔那天夜裡沒有去走廊上幽會。

對浪漫豔遇的期望往往會被現實中一聲歎息、一個不當的表情抹掉。所以現在她決定不再逃避任何機會。

明帶領小月避開眾多的遊客，徑直往一個快坍塌的石門走去。七拐八拐，直往荒無人煙的後院。明有時停下來查看隨身帶著的手提GPS，這個是他很專業的設備，從不離身。

踏著倒塌下來的磚石，一路爬牆鑽窗，還要怕看守發現。小月緊緊跟著明，心裡難免有種探險的興奮，心臟噗噗地跳著。

轉過一堵完全被木棉樹的根系摧垮了的圍欄，在廢墟的深處突然看到一座神龕，矗立在斷垣殘壁圍成的狹小空間中。完好的牆壁雕著精細的乳海波浪串成上下一列蓮花花環，每個花環中間還有個小動物。

這些彫花組成這座神龕的壁框，中間赫然立著一具真人大小完好無缺的女王全身浮雕。

女王頭戴九頭神蛇王后鳳冠，眼睛半閉，上挑的眉毛似乎修過，嘴角平展，表情尊貴。不像一般的仙女都裸露上身，至多佩戴些項飾和臂飾，女王身穿花邊半袖緊身中襟的露臍裝，脖項佩戴碩大寶石掛件，下穿長桶裙，因為當年的色彩褪盡，不知掛著紅櫻或者黃櫻腰帶，赤腳，雙臂微微張開下垂。

雖然地處隱蔽，女王雕塑前卻立著一堆堆茉莉花，香火繚繞，顯然得到管理人員很好的侍奉。

奇特的是雕像故意在露臍裝下還透出了過長的內衣，這到底是現代仕女內長外短的摩登服裝，還是千年前的皇家禮服？

雖然看過資料介紹，明還是驚呆了！這肯定就是斯里闍耶拉加庫達瑪尼皇后，闍耶跋摩七世的親生母親！明不知不覺單腿跪下，心裡充滿了敬畏。

匆匆趕到的小月也沒有料到有這一幕。面對栩栩如生的皇后雕像，她被擠在狹小的空間不能動彈，可是心裡泛起了莫名的親切感。

一千年前的人物這樣栩栩如生地站在你面前，不再是一般概念化的石像，你感到都能和她直接對話。因為是闍耶母后的全身像，明心裡的震動大大勝過在巴黎吉美美術館看到闍耶跋摩頭像的感動。

如果明認可了自己千年前的角色，那麼眼前的這位皇后就和自己有了千絲萬縷的聯繫。她不再僅僅是一尊千年前的雕塑，只有形態表現，看不見的無數情場、氣場、能量場源源不斷地從她那裡輸入明的身體，明感覺到特別的清新，迴腸盪氣，立即對看到的一切有了特別的理解。

事到如今，小月也完全忘記了來吳哥旅行前所有的不快，只有青春的愉悅。

半晌，明回過神來，立起來轉過身子面對仍然癡呆一樣的小月。小月白皙的臉上泛著紅光，緊閉的雙唇微微平展，人中顯得格外地長，大大地呼吸著氧氣幫助身體內的燃燒，看來她的身體裡正在劇烈地化學反應著。

這時的明和小月在同一項空間有了共同的覺悟，帝國，王宮，權力，繁華，愛情，生命，看著一切皆空，突然明白了「緣起性空」的佛學真諦。

世上森羅萬象都是因緣和合而生，也都將隨著因緣分散而滅。我們看到的一切「有」都是因為緣起而有，因此其本性是「空」。

緣，自是自己主觀意志的起點，因為有了緣，唯有把握自己的現在，才能改變自己的將來。這才是姻緣的積極意義。

時間在流過的時候會留下蛻化的空間來記錄自己的曾經存在，也正是這樣的空間給了人心跨越時間的聯繫。

時間過程裡的一幅幅空間，就像電影膠捲一幅幅記錄，是同一空間，又不是原來的空間。你能說你和一分鐘前的你，是同一個你，還是不同了的你？

常人往往都有過同樣的經驗，一旦人神之間有了什麼默契，頃刻之間就會烏雲翻滾。

這時一陣瓢潑大雨澆下來，彷彿蒼穹之上感動了什麼。為了快快躲到有雨遮的地方，明很自然地拉著小月的手，兩人相依從大石塊中逃逸出來。一陣快跑，直到躲進回廊，才相視哈哈大笑起來。

掌心的肌膚相親，加上這笑聲沖翻了兩人心裡的藩籬，這相視傳遞了肯定。在小月心裡，這就像王子的一吻，漫天的星星都亮了。

這時的明和小月不知道，這場小探險與以後費盡心力的狂飆而比，只是小小的前奏而已。

# 15 伽耶拉迦和吳埼的緬北歷險

伽耶拉加是這樣一位女性，和世界上其他先後出現的傑出女性都有相同的本質。

伽耶拉加公主出身在一個高棉王族家庭，從小受到良好教育，篤信佛陀釋迦摩尼。十六歲時的豆蔻年華和姐姐英德拉一同嫁給了當朝王太子闍耶。兩姐妹溫柔善良，強烈地影響了少年謫耶的性情和信仰，同時也得到了闍耶絕對的尊敬和信任。

姐姐柔弱安靜，性格內向。伽耶拉加公主性格活潑開朗，有男子的大度和女子的柔順，深受闍耶的信任和熱愛，是八百年前高棉王朝女性社會地位空前提高的主要推手。

自堂弟蘇利耶跋摩二世篡位登基之後，闍耶顧大局自我放逐離開了祖國，兩姐妹毫無怨言，相守相望在民居，過著平民的生活。直到羅睺暴亂，燒殺無度，京城治安崩潰，兩姐妹雙雙回到父親家裡同住。雖然居住簡樸，兩人互相鼓勵，精讀經書，內修佛緣，理想能有朝一日朝覲釋迦摩尼故地。

這樣的平靜生活也是難得維持。朝廷突發政變，耶穌跋摩二世被廢被殺，篡臣特里布婆那迭多跋摩為政治需要，回歸印度教獨大。為了高棉百姓，佛教徒的生存，平時

柔弱的姐姐勇敢走上宮廷，面對篡臣特里布婆那迭多跋摩，以大義示知，好言相勸，以求國家太平，人民養生。不幸被囚天獄，姐姐以身殉節，是為丈夫，也是為了信仰。

伽耶拉加不畏強權，前仆後繼，繼續為高棉百姓和自己的信仰和特里布婆那迭多跋摩理論，不是讁耶營救及時，恐怕也魂斷天獄。

自被闍耶救出天獄，伽耶拉加知道自己對闍耶，對姐姐，對高棉民族都有著天授的重責。

和闍耶王子多難後重逢，相互特別珍惜，感情濃濃。平日一面養傷，一面和闍耶相讀經書，探討禪意，更是相知相識情同一人。雖然沒有了權勢，卻願意一輩子這樣相濡以沫，相約有一天能同去釋迦摩尼聖地聆聽真諦。

不料外族入侵，同胞塗炭，闍耶有義不容辭的責任重振帝國，她更急不可待地想能親自去釋迦牟尼誕生地，請回釋迦摩尼的舍利子，完成姐姐英德拉的遺願，幫助造就讁耶的政治地位，為高棉王國重立信仰。

人類歷史其實就是女人推動的。無論作為母親還是妻子、情人，她們對普通的男子或者偉大的君主都有著不可忽視的影響力，有的更是走到前臺，直接在歷史的河流裡博浪。

伽耶拉加就是這樣一位在後臺、在前臺都是優秀的女性。

去迦毗羅的千辛萬苦，自不待言說。自進入緬甸的大原始森林，幾乎沒有陽光可以透過，讓他們看不到森林的盡頭。

森林裡埋藏著眾多熊，狼，野豬，野象，巨蟒……吳墒象對待敵軍一樣指揮若定，和助手圍攻野獸，保護王子妃，從未失手。

相傳東南亞的原始森林裡有野人出沒，說是野人，可能是史前遺留下來的類猿動物。有幾次遠遠看到身影，因為吳墒和軍士們嚴陣以待，相持半日，野人遁去。

最糟糕的是毒蛇螞蝗無處不在，防不勝防。軍士們的皮膚結實，抵抗力強，可是苦了王子妃，細皮嫩肉血跡斑斑，但是她從不言苦，讓吳墒生出很多的敬意。

女人的嬌柔固然能夠得到男子的疼愛，可是女子內心的堅韌更得男子的青睞。

人類社會有等級有富貧，尤其那樣的臣僕關係是不可逾越的。可是在沒有人煙的原始狀態，只有人的本能支配著思想和行為，人的教育在他心底造就一條自然的界限。

吳墒堅守臣子之禮對待王子妃，這在他是與生俱來的基因，也是闍耶信賴他的原因。

帥之為帥，就是因為能知將用將。

這一日大家正熟睡，突然聽到馬匹嘶鳴掙扎，醒來舉起火把一瞧，三匹馬在劇烈地蹦跳，要想掙脫韁繩的羈絆，邊上有一大堆東西在蠕動。原來是一匹又病又累的馬匹倒在地上，蠕動的是一群碩大的黑色螞蟻正在爭相吞噬它。

原來這些是野人山裡的吃人蟻，人只要累了不知不覺倒下睡著，馬上有巨大的螞蟻成群地爬過來，剎那間就會團團蓋住你，生吞活剝了任何生命。

殘酷的原始狀態讓大家頭皮發麻，自此每次宿營前吳堝都在周圍燃起篝火，用火圍成一條保護圈，並且和隨從們輪流守夜，不敢有一分疏忽。

森林裡沼澤地的水是絕對不能喝的。自帶的飲水早就喝完，好在雨季多水，吳堝只好用斗篷接樹葉上流下的雨水維持生命。

為了不陷入泥沼，他們用結繩相互連著，借助馬匹行進。只有堅持讓太子妃騎在馬上，因為她嬌小，承載的馬匹不至於會陷入沼澤，可以節省太子妃的體力。

有時候地上瘴氣太重，必須睡在樹上。這就要更多的工作替太子妃結一張可以睡覺的吊床。可是伽耶拉加堅持不讓他們花不必要的體力和時間，她也能把自己支在樹椏上穩穩地睡著而不掉下來。

期間伽耶拉加不幸被瘧蚊侵襲，持續不退的高燒，把她烤得像一把乾柴。那雙曾經很有神，很動人的大眼睛深深地塌陷，像兩個水坑。瘦削的臉龐發起燒來通紅通紅的，退了燒又煞白煞白。

吳璮盡己所能照顧伽耶拉加，發燒的時候用雨水浸濕了衣服，敷在太子妃的額頭上降溫；退燒發抖的時候把自己的斗篷給伽耶拉加黛薇圍起來，燒起篝火為她取暖。

看著伽耶拉加打擺子，吳璮急的沒有辦法，燒篝火之外，只好給她裹著層層斗篷，從背後緊抱著伽耶拉加，給她支持。

吳璮決定在原地休息幾天，讓伽耶拉加恢復體力。時不時吩咐士兵看好太子妃，自己離開去獵取野物回來替伽耶拉加燉湯，改善營養。

每次看到吳璮肩負著野豬什麼的野味回來，吊架上的瓦罐煮著野味湯，篝火舔著罐底，劈劈啪啪地爆出火星，伽耶拉加都會流露出感激之情，絕無理所當然的享用之心。

她這種樸實無華的大愛，讓四個人雖有分工不同，卻無上下之別。伽耶拉加的女性身份，把王族社會高貴和卑微的差別，巧妙地轉化為兩性間的相互尊重。這個是伽耶拉加的超時代教養，也傳遞給了夫君謫耶王子殿下。

吳璮平時不苟言笑，幾個月的相處，對伽耶拉加欽佩有加，又有王子殿下顧命在身，自是不敢掉以輕心。

幾十年軍旅而沒有成家，吳璮的心扉從來也沒有打開過。可是晝夜一起，照顧王子妃重病之中難免有些微接觸，吳璮嚴肅的臉也變得柔和。伽耶拉加自然看在眼裡，明白在心。

即使是臣下，偉岸堅毅者如吳璮，伽耶拉加也是很看重的，對於他的悉心照顧，伽耶拉加心存感激。可是社會身份的不一樣，又是重責在肩，自己給自己找這個幾乎不可能的任務，伽耶拉加有必勝的毅力，心無旁貸。

伽耶拉加還是保持王子妃的風度，每日誦經閉目，言行舉止一切皆在分寸之中。

密林中最容易的就是迷失方向，如果大樹蔽日，更看不到日出日落，要走對路就幾乎是不可能的。吳墒必須查看樹幹的苔蘚，跟蹤野象的糞便，甚至白骨來猜測行走的方向。

往往成功並不在於人，而在於天。人能做的就是堅持而已。

用了將近四個月，森林漸漸稀疏，他們已經是精疲力盡。

這之前五百年，北方大唐稱其天竺，後因玄奘取經，正名為印度。玄奘去印度取經，雖然路更遠，時間更長，可能還沒有如此艱辛，主要他有嚮導，不擔心走錯路。可是如今伽耶拉加們根本就沒有路可走，無路可繞，吳墒再有本事也沒有用武之地。

走出原始大森林，雖然個個衣衫襤褸，從他們明亮的眼睛裡可以看出一顆顆堅毅的心。

要進入天竺，伽耶拉加還需要跨過當今孟加拉灣的北部海岸。這裡有十幾條大河洶湧奔騰沖入海灣，當年人煙稀少，很少漁民在這裡討生活，商船幾乎絕跡。

吳璮們找不到人，只有砍大樹，編成筏子，驚濤駭浪，一再渡過大河。用樹枝葉編成扇狀綁在腳上，靠著馬匹，艱難步行越過大沼澤。

……

迦毗羅衛城是佛陀釋迦摩尼出生地，位於現在尼泊爾西南，與印度交界處，拉普濟河的東岸。當年的釋迦部落有說被宗主國喬薩羅國滅了，釋迦族人遭到印度教毘琉璃王殘虐屠殺，終於滅亡。

可是南傳佛教不認為釋迦族被滅掉過。1898 年英國工程師佩普從比普羅瓦挖掘到五只舍利壺，其中一只滑石制的舍利壺上面用古老的波羅米文字寫著「這是釋迦族佛陀世尊的舍利容器，乃是有名的釋迦族兄弟與其姊妹、其妻子等共同奉祠之處。」可見千年前釋迦族還保留著不少佛陀的舍利壺。

這就是伽耶拉加黛薇和吳璮行程的目的地。

吳璮和伽耶拉加黛薇一行困苦交加，只有心裡的信念支撐著他們。沿著羅泊提河往北，待走到古代摩揭陀國附近，發現到處已經殘垣斷壁。

等尋到釋迦族後人，遞上關防和高棉王國王子妃的身份，敘上來意，在釋迦族頭領同意下在幾乎毀掉的舍利塔前打坐，奉上供品，晝夜虔誠做佛事七七四十九天。

# 16 伽耶拉迦遊學那爛陀寺

請到兩粒佛陀舍利子當天，吳墑對伽耶拉加說：「公主殿下，我想我們不能從原路回去了，那條路實在太危險，還不能保證定能走回吳哥城。」

「是，」伽耶拉加想了半晌，靜靜地回答，「但是我們有別的辦法嗎？」

「我想過了，我們的盤纏用去的不多，應該可以雇一條海船渡海回去。而且這裡往南應該能夠找到船主。」

伽耶拉加又是半晌沒有說話。吳墑謙恭地站在旁邊等著。

「吳將軍，」伽耶拉加慢慢地開腔了，「這些天和釋迦族談論佛經，他們勸我去那爛陀寺，那裡雲集了當今最頂尖的佛學大師，可以得到很多真傳。」

吳墑沒有插嘴，等著伽耶拉加接著說。

「兩個月內，曲女城的無遮辯論法會就要舉行了，我很希望能夠出席，請教各位大師。可是……」伽耶拉加沒有了下文。

伽耶拉加是個勤學好問的女子，一點沒有貴族小姐嬌柔做作、養尊處優的習性，這歸功於從小父母的嚴格管教和佛學的長期薰陶。

吳墒試探著對太子妃說：「如果我們往南尋找海船，可以順道去那爛陀寺。」吳墒已經把道路方向打聽得很詳細了。

「可是闍耶王子急著等我們回去呢。」伽耶拉加黛薇歎了口氣，陷入沉思。

「殿下，」吳墒接著輕聲對王子妃說，「我們早些回到吳哥固然重要，可是在這裡取得學識和真經也很重要，尤其公主殿下嚮往已久，千辛萬苦，不好放棄。闍耶殿下也會諒解的。」

吳墒深知伽耶拉加的心思，也想儘量能滿足她的希望，就像男子漢寵愛心愛的人一樣。

說的入情入理，伽耶拉加抬眸看了吳墒一樣。她知道吳墒一定有特別想法，才會接她的話茬。

「如果闍耶殿下要有軍事行動，一定要等到旱季，我們還有半年的時間。再說如果走海路回去，可能要不了兩個月。」

伽耶拉加高興起來，覺得真是個好理由。眉毛也揚起來，用力地說：「嗯！」

相傳那爛陀寺所在地原是庵摩羅國，後來五百商人捐錢買下獻佛，佛在此說法三個月。後來摩揭陀國王鑠迦羅阿迭多在此興建佛寺，子佛陀鞠多王在寺南擴建。此後呾他揭多鞠多王在東面建寺，幼日王在東北建寺，金剛王在此西建寺，中印度王在此北建寺，帝日王此東建大寺，中供佛像。經過歷代君王的營建，那爛陀寺宏偉壯觀。當年大唐玄奘在此遊學十年，聲譽鵲起。

在此兩百年前那爛陀已經成為印度最有名的大寺，非但研究佛學，也培養佛教徒。

這裡不但成為講經說法，學習佛法的重要地方，而且研究因明、聲明、醫學、天文曆算、工巧學、農學。鼎盛時期學習大乘小乘教的人達一萬名以上，教師一千五百名，精通三藏的達一千多人。周圍兩百多個村鎮供應該寺的開銷。

來到此寺求學的不僅是天竺本地的，而且還有緬甸、中國、朝鮮等地來的人。伽耶拉加遊學那爛陀寺十三年後，伊斯蘭教的突厥人穆罕穆德加久得王出兵印度，一炬焚燒了那爛陀寺。

雖然伊斯蘭鐵蹄已經踏遍東西方，可當時的伽耶拉加興高采烈，扮作男裝，一行人向著那爛陀寺迤邐而去。以伽耶拉加的聰慧，地位，和風度，很快就廣交朋友，學佛講經，深得本寺主持賞識，除派遣專人服侍左右，獲贈金剛乘四部密續之手抄本，至寶。

後來的高棉僧人北上中國譯經傳教，自此起。

伽耶拉加學佛之餘，還適時參加了曲女城佛學辯論大會，有五印眾國王，3000 個大小乘佛教學者和外道 2000 人參加，一點不袪場，與正量步學者辯論《制惡見論》

一千六百頌，大獲全勝。

同時的吳壋則忙於打聽道路，嚮導，尋找出海口和海船，為此帶了一名隨從長奔一千里到了海邊。

那是一個大河的出海口，沿河有幾個小漁村，其中有個較大的叫胡格利，沿河是良港，可以停泊二十丈的海船。氣候潮濕，和吳壋的家鄉一樣悶熱。

七百年後英國殖民者在這裡建起了印度東孟加拉的商業中心加爾各答，該河因此被叫做胡格利河。

為了安全，吳壋不得不隱去真實身份，在來往船主經常去的酒店裡活動，這也苦了滴酒不沾的吳壋，因此不得不學會了喝酒。

吳壋雖然是將才，可是不善言，要交朋友談何容易。但是他不同凡響的風度和謹慎的談吐卻很快獲得了酒店主人的敬佩，給他介紹了一個在當地頗有名氣的船長齊亞。

齊亞是個穆斯林，可是照樣豪飲。他有一艘90尺的帆船《阿伊莎》。

那天，齊亞喝完了自己酒盅裡的酒，審視了不卑不吭的吳壋一眼，告訴他自己從來都是在秋冬的時候乘東北季風南下去當時的斯里蘭卡經商。

吳壋替他滿了酒，不老練的臉上堆出善意的笑，提出雇他的船隻跨海去阿拉干。

阿拉干是當時緬甸的一個國名。齊亞知道容易的事不會找他。

看著吳擿出手大方，談吐不凡，定有來頭。但是跨海的生活不是好攬的。齊亞想了想說，如果去阿拉干國，必須乘東南季風，在夏季結束之前到達，否則要等到明年。那就需要馬上出發。齊亞慎重地估計，找水手，補充食品飲水至少需要十天。再說孟加拉海底複雜，海況險惡，一去幾千里。在這裡，也就是自己能夠試一試運氣的了。

吳擿明白，這就是說需要重金。

別無選擇，付了定金，相約十天後出發。吳擿兩人策馬狂奔，好在河流雖多，路面也平坦，四日之後已經回到那爛陀寺。

眾人到達那爛陀寺已經過了四個月，四個人也都恢復了體力和精神，尤其伽耶拉加更是神采奕奕，充實的精神提升和良好的營養，讓她信心百倍地面對著歸途。

吳擿遠沒有這麼樂觀。

吳擿在陸地上堪稱一名虎將，非個人英雄虎膽，而是大將風範，跟著謫耶王子征戰南北，從未失過手。可是他也是一個旱鴨子，很擔心即將到來的海浪無情。雖然一切交給了船長，責任卻是他自己必須承擔的。

十天後的早上，滿載食物和水手的「阿伊莎」號揚帆出海了。

安頓好船艙，吳擿信步走上甲板，細細打量這條將生死與共的海船。

「阿伊莎」號長九十尺，寬二十五尺，吃水三百噸，V型的龍骨。全船沒有鐵制的材料，完全靠榫頭連接，再用棕繩捆緊，所以一有大浪船體嘎嘎作響要斷了的樣子。船有三面風帆，還能容納二十名槳手，甲板後四分之三的地方有一具大舵。

除了四名旅客，齊亞還帶了一些東南亞容易出手的貨物壓艙，也能夠賺些外快吧。只要帶足了食品飲水，吳墒也沒有說什麼。

一千年前的東南亞水域有成百上千的這樣的船隻在大島小島之間遊弋著。

這次它要迎接的是前面神秘莫測的孟加拉海的挑戰。這四位沒有絲毫海上經驗的旅客，將等著大海用它多變的海流，出人意料的怒號、狂浪來款待他們。

……

# 17 小月驚魂夜藏舍利子

明繼續每天給麥克發信，講述他的情況。倒不是事無巨細必須向麥克報告，而是為了記錄自己的思想和感情，就像筆記，以後可以仔細琢磨。麥克也時不時地回復，可是總也說不出什麼特別的意見。因為遠在兩個大洋之外，不知明的切實利益，他實在也不宜說些什麼。

自從塔普倫寺的一場經歷，明和小月似乎都有了共識，他們之間有些神秘的聯繫，但是誰也說不清楚，可是相互的關係變得密切起來。

兩個人相約去更遠的地方體會吳哥文化，這個是明提出來的，因為他畢竟想考察一下近來報導的以澳大利亞牽頭的探地雷達繪出的摩鑾因陀山城，和古吳哥城地圖裡天龍座對映的寺廟。有小月作伴是最好。

小姐妹們嘰嘰喳喳，覺得這個萍水相逢的異國男孩子有禮貌有教養，露著學究氣，對大家都很友好，唯一對小月的興趣不加掩飾，對這種傻樣的訕笑給大家帶來了快樂。小月已經不把同伴的玩笑當回事了。

可是亞洲的女孩子畢竟矜持，雖然說說笑笑，卻不觸及敏感詞。加上小月心裡有事，不便開啟一段感情旅程。明本來就沉靜有餘，何況正對近來自己的境遇沉思有加，對小月的感覺變得神秘起來，始終不宜開口，生怕小月誤為輕薄。所以兩人倒也相安無事。

這天從蟠龍水池歸來，大家對八百年前闍耶跋摩能興建全民保健設施的舉措大加誇獎。這個君王的思想境界確實是現代某些領袖都大大不如。

蟠龍水池是闍耶跋摩復辟之後建造的上百個公共醫療中心之一。為解救普世疾苦，普渡眾生，闍耶跋摩投放了很大的精力財力建造了現在看來心療多於藥療的平民醫療中心。

除了日常的病痛，亞熱帶社會經常會有些流行性、傳染性疾病，甚至疫情會很大。在一千年前，要大規模治療、保健普通老百姓，沒有現代合成藥物，草藥水浴應該是個唯一的辦法。

當時的百姓一旦有病，勤於洗頭，與其說治病，不如說是風俗。

藥池分為東南西北池，藥塔立在中央的投藥池內，也就是心靈寄託的小佛塔。藥水從這裡注入投藥池，緩緩流到不同的治療池內，不同症狀的民眾經過甄別分別在不同藥池內浸泡。

明和小月走在藥池外長達一里的木板走道上，慢慢地欣賞周圍大沼澤上的落日，兩個人各想各的心思，可是比肩而在，雙方都感覺很踏實。

入夜，旅館恢復了安靜，明寫了些筆記，照例發給麥克，時鐘過了午夜。

突然隔牆的電場波動起來，這次是電話。明好奇地打開接聽，小月一般不會用電話和他聯繫，尤其深夜了。

聽筒裡傳來小月急促的呼吸聲：「明老師，你能過來一下嗎？」

「你怎麼啦？」明一下子轉不過彎來，傻傻地問。

「……」沒有解釋。

明突然明白自己的愚蠢，小月沒有急事是不會深夜請自己過去的。

他來不及穿衣，奔到門口又想起什麼，回到床前拿起旅館電話，要了前臺，讓服務員來開小月房間的門。

這是歷史學者對事件發展的邏輯分析能力。因為聽小月的口氣，一定是無法起來開門，不然她為什麼不來敲自己的門呢？

前後花了三分鐘，明已經進入了小月的房間，他打開燈，看見小月正躺在床上，雙目緊閉著。他示意服務生等在門外，帶上門，伏在小月身邊。

只見小月眼睛緊閉，臉色潮紅，呼吸急促，虧得她還能打電話。突然和小月這麼近地面對面，明的心也撲通撲通地跳起來。

「你怎麼了，小月？」明輕輕問，湊得很近，想能聽到更多。

「他，他們……」小月用手摸索著，「他們來了……」

明伸手握住小月，感覺到她手掌出汗。

「他們是誰？」明敏感地知道小月在噩夢裡。

「我疼……」小月急促地說，「跑不動……」小月緊緊地抓住明的手。

明緊握小月的手，拿起她頭下的枕巾替小月抹去額頭上的汗珠：「你沒事，小月，有我在，別怕。」

明不知道為什麼這麼說，他知道大概也叫不醒小月，最好的辦法就是安慰她，支持她。

他想起伽耶拉加要去求舍利子的事。他們的夢真的能重疊嗎？明能做的，就是緊握小月的手。

……

伽耶拉加騎在馬上飛奔，吳璫的馬緊緊跟在後面，黑夜裡小林子的樹丫和茅草飛快地掠過，在臉上鞭打的很疼，折斷的小枝條劈劈啪啪地響。

在他們身後是一片緊緊的馬蹄聲，追兵掌著火炬。

一個月前吳墒一行到達了當年淡邈國，現在緬甸的德林達依省土瓦河上游的小港口。此去吳哥千餘里，首先要渡過土瓦河，德林達依河，越過比勞山脈，還要穿越世仇暹羅。

渡了海，盤纏幾乎用盡，吳墒只好留下一定盤纏，讓兩位隨從留下慢慢走，餘下的買了兩匹馬，帶著伽耶拉加，爭取能在雨季結束前趕回吳哥。

一路上吳墒小心翼翼，作為女主人伽耶拉加的隨從，幾乎靠化緣向著吳哥進發。

伽耶拉加身揣釋迦摩尼的兩顆舍利子，精神倒顯得格外從容，一路上主僕兩人風餐露宿。

吳墒一邊急著趕路，一邊格外小心服侍太子妃殿下，他心裡明白，回到吳哥，他和伽耶拉加的緣分也就終止了，所以更加小心翼翼，卻又特別珍惜兩人在一起的每一時分。

吳墒是一位傑出的軍事家，對形勢和意外突變都有特別的洞察力，他知道最困難的時候是進入高棉王國的勢力範圍，王子妃出遠門的風聲遲早已經透露出去，他們的敵人一定會有千分的防範。

兩人低調通過暹羅地盤，這是塊吳墒將來總要來征服的土地。翻過扁擔山，開始

打聽謫耶王子的軍隊在哪裡，

戰局已經變化，沒有謫耶殿下軍隊的確切消息。在沒有公共資訊傳播平臺的年代，離開政治經濟中心不遠，老百姓就和社會主流不相關了，何況瞬息萬變的軍事態勢。

吳璹估計應該向王城一帶進發，這裡是他的熟悉地帶。但是戰線不明，得處處小心。伽耶拉加有吳璹保護，反倒心思放寬，只是急於找到夫君。

這天晚上雨停，天上露出少有的星光，他們進入一片小樹林子，突然發現側面出現一排火炬，傳來嘈雜的人聲。吳璹勒住馬，首先想到的就是橫在伽耶拉加的馬前，兩人大氣不敢喘一個。

他們知道，與其遇到敵手，不如不要試圖找到幫手。在樹林子裡只要不動，即使沒有保護色，也是不容易被發現的。火炬越來越遠，吳璹示意太子妃繼續策馬前進，可是他們知道，現在遇到敵人的可能越來越大了。

一天一宿沒停，吳璹也不敢休息，兩個人繼續一前一後前進。

猛然間後方傳來馬蹄踩踏在泥濘中的塌塌聲，和一片呼嘯。兩個人顧不上往後看，知道被人發現了，只知策馬狂奔。吳璹一面保護伽耶拉加，一面從身後拔出刀劍，隨時準備廝殺。

追逐繼續了半個時辰，追兵一點不鬆懈。

因為長途奔走，伽耶拉加的馬兒幾乎跑不動了，她緊緊地伏在馬鞍上。追兵已經明白前面是重要人物，不然不會亡命地逃避，所以追得更起勁了。

突然斜刺裡衝出來一隊人馬，身著異服，戴著黑頭巾，舉著刀劍就上來了。吳璃一夾馬肚，衝上去擋在伽耶拉加側面，一劍就把領頭的刺於馬下，後面的人急忙停頓了一下，吳璃橫刀策馬反過頭去砍殺，追兵轉頭就逃。吳璃虛追幾步，回身追伽耶拉加去了。

只見伽耶拉加正立著馬回身在等他呢！

「殿下，」吳璃趕上去對伽耶拉加說，「這些人不甘甘休的，如果緊急，我擋住追兵，請殿下自己先走，我們到譎耶殿下的大營再見。」說罷勒馬轉身欲走，又回過身來加上一句：「殿下身懷舍利子，小心自己身子，吳璃就放心了。」

如果剛才是責任所在的吩咐，那麼這一句是吳璃私人的留言。

「不！吳將軍我們一起走！」伽耶拉加大憾。一年來朝夕相處，吳璃處處為自己著想，雖是主僕，可是人孰無情？

伽耶拉加不願意在危急的時候自己一走了之。

「好！」吳璃心中感動，又轉過馬來，和伽耶拉加一同狂奔。

這次追兵不再試圖生擒兩人，遠遠地放過箭來。熱帶雨林的箭矢往往浸過毒液，中了很麻煩。

「殿下小心！」語音未落，就聽的伽耶拉加一聲大叫，坐騎猛地一下栽倒泥濘裡，定是中箭了。吳墒插好雙劍，順勢從馬上彎下腰去，雙手往上提起伽耶拉加，放在自己鞍前。馬匹長嘶一聲，快步急奔。

雖然在狂奔，可是長時間奔波，又負重兩人，能感到馬兒正在努力為之。吳墒琢磨這樣狂奔肯定擺脫不了追兵，自己的馬匹負重又大，跑不了多久就會斃命，只有丟車保帥才可能有機會逃脫。這是戰場鐵律。

打定主意，吳墒喘著氣對伽耶拉加說：「殿下，這樣我們不可能逃脫，只有我斷後你才會有機會。」頓了一下，接著說，「吳墒為殿下粉身碎骨在所不惜，殿下保重，不必再說了。」

說罷吳墒摘下不離身的鏈搭，塞到伽耶拉迦的懷裡，裡面大概剩不下多少盤纏，還有一些私人物件吧。

伽耶拉加正想說什麼，只見吳墒大叫一聲「低頭！」，隨後緊緊抱住她按下身子。箭矢飛蝗一般從後面飛來，噗噗兩聲，吳墒沒有吭氣，像是中箭了。

不等伽耶拉加回過神來，吳墒飛身下馬，站穩身姿，從身後嗖地拔出雙刃，像座鐵塔一樣等著追兵。

伽耶拉加回頭看了一眼，吳堝衣著雖然襤褸，背影卻堅毅如塔，這就是她生命的保證。

伽耶拉加雖然有柔弱心腸，可又是一位巾幗戰士，她明白吳堝說的對，現在不能浪費任何時間，她一夾馬肚，快馬離去，心如刀絞。

追兵的聲音漸遠，刀劍聲斷斷續續傳來，這是吳堝在為她爭取時間。

伽耶拉加已經無暇再想其他，馬匹減了重，頓時跑得順了些。

慢慢發現在夜裡胡闖亂串，又沒有吳堝在，伽耶拉加已經分不出南北。

伽耶拉加心裡估計如果自己逃不出追兵，無論如何不能讓他們搜去了舍利子，這是萬萬不能丟了的。

但是如何把舍利子藏起來呢？

可是萬一自己能逃過，身邊又不能沒有舍利子呀！

跑著跑著，隱約覺得遠處有一片黑影，策馬往那裡奔去。

看看漸進，不料馬兒一下子跳進一片水塘，伽耶拉加緊緊抱住馬脖子，馬匹停了下來。伽耶拉加跳下馬來，覺得左腿上一陣劇痛，彎身一看，腿上中了一箭，方才居然沒覺得痛。

腳下水面一片星光，居然能看到一大片荷花，此時此景，彷彿隔世，高棉的深秋荷花也會開放。

此去王城應該不遠，可是王城是敵人佔據的呀。伽耶拉加這點記憶還在。

馬兒在水塘大喝起來，伽耶拉加還能有力氣抓緊馬鞍的緊肚帶，推著馬往前移動，坐在了一塊石頭上，仔細觀察自己的傷情。

箭矢的力量很大，穿過了小腿，箭頭露出在另一面，所以如果有毒性，比箭頭留在體內要好些。伽耶拉加拔出隨身小刀，割斷了矢頭，奮力拔出來箭杆，痛得幾乎暈過去。身為嬌小的女性，有如此決斷和毅力，伽耶拉加黛薇就是一名戰士！

伽耶拉加用力擠出些血，撕了些布條把自己包紮了一下，開始尋思起來。扶著走了幾步，她看到有神蛇納迦Naga 的雕像，原來是家寺廟。她在邊上用短劍掘松一塊磚石，從懷裡取出從不離身的金崁盒，從中取出小一點的一顆舍利子，用綢布包好，重新揣到懷裡，把金崁盒用另一塊綢布包好，放進洞裡，填進石塊泥土，奮力把Naga 推倒，壓在石塊上。

神蛇的雕像少說有幾百斤，嬌小如太子妃，居然以傷殘之身能夠推倒，可見她用盡了潛在的能力，近於拼命。

幹完已經氣喘吁吁，她抬頭看了看滿天的星星。

秋天天上的亮星比較少，沒到冬春，天狼星還沒有那麼明顯，可以看到飛馬座和仙女座的四個小星座，在東方的夜空。

伽耶拉加在王室久待，天龍星的傳說自然熟背在心。她認識天龍星座的龍頭四顆星，伽馬星最亮，眼下的天龍西塔星正在自己上方。這裡星座的名稱是六百年後西方天文學家的拉丁命名。

伽耶拉加合起雙手，祈求上天讓自己能夠再找到這粒舍利子。然後背上吳墒留給她的鏈搭，艱難地跨上馬背，快速離開。

大半夜的狂奔，伽耶拉加已經又睏又累又餓，馬背上的顛簸，讓腿上的箭傷也發作起來。

伽耶拉加不知道自己能不能堅持到找到夫君……

# 18 大智慧女人有大愛

這些天闍耶都不能好好入睡，時刻等著有什麼事情發生。

聽到急促的馬蹄聲已經是天明前，闍耶跳起來跑到帳外。一名馬哨從馬上滾下來，單腿跪在面前，語無倫次地說：「殿下，太子妃她……」

不用說完，闍耶翻身上馬，直向營外奔去，一隊侍衛紛紛上馬，如風地跟去。

近一個月來伽耶拉加歸期將近，闍耶早早派了多隊尖兵馬哨遠距離巡邏，最遠到達扁擔山麓，準備接應吳璃和妻子。果然有了消息。

闍耶走不了多遠，只見一隊馬哨從遠處緩步走來，看上去生怕顛簸了誰，前面的一匹馬上馱著一個人，兩個士兵徒步陪在馬的邊上扶著她。

闍耶迎上前去，仔細一看，正是妻子伽耶拉加，已經昏迷。

馬哨報告，他們在二十裡外看到一匹單馬緩緩走來，馬背上是已經半昏迷的太子妃，士兵們給她換了馬，為了避免遇到敵人，快速繞道回營。

伽耶拉加醒來已經是三天以後，高燒後的她滿嘴大泡，受傷的腿已經被御醫火燒處理後包紮。身邊的闍耶緊緊拉著她的手，三天沒有闔眼。

缺醫少藥的時代，闍耶只有暗暗祈禱妻子醒來，這已是他第二次把妻子的希望交給老天了。

看到夫君在身邊，伽耶拉加說不出的踏實，很久很久沒有露出的溫柔笑容和眼光全部投送給闍耶。

現在的伽耶拉加不再是強人太子妃，而是一個普通沉浸在愛中的妻子，需要丈夫的呵護。

……

安靜下來的小月也慢慢睜開眼睛，看到明坐在身邊，緊緊拉著自己的手，一點不感到意外，反而更加抓緊了他的手。

「你醒了？」明關心地問。

「嗯，」這個回答有氣無力，可是小月眼睛裡的深情一點也不含糊，「謝謝你，明老師。」

這個時候的明舒了一口氣，覺得受之有愧。小月的有驚無險也是挺嚇人的，可是不知道接下去該怎麼說。

他知道小月一定在夢裡遇到了什麼，可是小月不說，他不好問。

可是小月的眼裡分明有了一種柔情，讓明的心又噗噗地跳了起來。

小月已經下意識地在困難的時刻需要明的幫助，可是在夢裡她自己是什麼感覺，旁人真的不知道。她是很享受驚險的遭遇，還是很享受被人愛？或者夢裡伽耶拉加對夫君的摯愛傳遞給了她，讓她搞不清楚夢境和現實的不同？

因為小月對歷史的興趣不大，雖然夢境歷歷在目，她的感覺可沒有那麼複雜。大概就是一個逼真的夢而已。

……

千年前的伽耶拉加的感覺可是沒有小月那麼簡單。她經歷了生死之交，失去了一位除了夫君她最信賴的男子漢和摯友，傷痛之情和重見闍耶的欣喜之愛同時在心裡翻騰。

更重要的是她還知道現在王國危難，百姓塗炭，闍耶需要她堅決的支援才能完成復國大業。伽耶拉加太子妃殿下責無旁貸，無暇自憐。

迎接釋迦牟尼舍利子的儀式隆重，各處寺廟僧人雲集，旌旗招展，鐘鼓齊鳴，誦經聲繚繞，佛事渲染，闍耶的軍隊果然為之一振。

闍耶和伽耶拉加率全軍完成了迎接釋迦摩尼舍利子的大典，全軍瞻仰三日，葬入國家宗廟巴肯寺的中央陵塔。

有大見識的女人一定有大愛，在她的心裡各種情感都有分分寸寸，有些感情不需要表達，而是需要深藏在心。

千年前的高棉還沒有土葬的習俗，除了火化，就是類似天葬。吳墒沒有遺體可以火化祭祀，伽耶拉加只有收藏好他的鏈搭和私人物件，告知闍耶，作為私人的紀念。

闍耶的大軍已經準備好了向敵人致命一擊，徹底打垮斯里闍耶因陀羅跋摩四世的侵略軍。

西元 1181 年旱季開始，闍耶在巴肯山東二十里展開了他的大軍。現在的闍耶已經不是遊擊部隊，而是舉國之力的大軍了。被排擠到了東部山區的斯里闍耶因陀羅跋摩四世也是拼命一搏，雙方準備好了野戰。

東南亞的環境限制，馬匹不是很強壯，騎兵因此在戰爭裡不是主要的兵種。而戰象才是前後千年來的主要軍事裝備。

世界上只有亞洲草原象才能被訓練為戰象，非洲象雖然體型巨大，可是難於被馴服。

即使如此，戰象一旦被驚嚇和被火攻，會失去控制，甚至回頭亂跑，所以需要有作為煞車皮的控制士兵坐在它的腦後，隨時能夠制止這種無序的行為。

闍耶軍隊的每頭戰象由七個士兵組成一個戰鬥組，戰象的每一條腿由一名士兵守護，象的背上有象輿，乘坐三名士兵。中間的士兵手執弓箭和六尺長的長槍，做攻擊敵人準備，前面的馭手手執短斧和錘子，如果戰象出現無法控制的狀態，短斧插入戰象的腦髓，立即斷送它的生命，以防對己方士兵造成人身傷害。

據古代印度的戰爭著作《摩訶波羅多　初篇》記載，西元前的印度戰術據說為四個兵種混編的三三制，其最小單位「波特提」相當於今日之班，由一象、一車、三馬、五兵組成；3個波特提組成1個塞那穆克，3個塞那穆克組成1個怙勒摩，3個怙勒摩組成1個哥納，3個哥納組成1個瓦希尼，3個瓦希尼組成1個普利特那，3個普利特那組成1個傑穆，3個傑穆組成1個阿尼吉尼，3個阿尼吉組成1個阿克紹希尼。阿克紹希尼是其最大單位，相當於現代一個軍團，其兵員總數為6561頭戰象。

八百年前的王城以東沒有這麼濃密的叢林，正好作為戰場。斯里闍耶因陀羅跋摩四世把自己的一萬多占婆士兵在森河前現在叫波靈的狹長地帶一字排開，看似背水一戰。

高棉軍隊面東背西，也在排陣。

高棉軍兩百頭戰象的陣容，雖然不能和西元前324年印度孔雀王朝的建立者月護王旃陀羅笈多的九千頭戰象相比，可是現代人都難以想像那是如何龐大的陣容。

占婆國王斯里闍耶因陀羅跋摩四世在佔領區施行伊斯蘭的法律，並沒有做好統治高棉的準備，守城都是需要城內百姓合作支援，他的軍隊屠城之後如何能守該城？所以很快就失去了王城。

高棉帝國的首都耶輸陀羅補羅（Yasodharapura），現代考證曾經有100萬居民，王城只是其中的一部分。因為城池並不堅固，很容易就被占婆軍隊攻陷。斯里闍耶因陀羅跋摩四世同樣也容易被初具規模的闍耶大軍趕出首都，遷往東部山區設營。

接受教訓的闍耶屯兵在王城城外的巴肯山，和王城成犄角之勢。據高可以監視周圍，豐富的水草可以餵養戰象。復國以後，登王位的闍耶跋摩給王城建築了堅固的城牆、壕溝以有效防衛國土。

現在闍耶把騎兵集中在兩翼，掩護中間的重裝戰象。他自己坐在領頭的戰象背上的象樓裡，手執長刀，這是他的特權，率領一百頭戰象。博怕和納隆親王，巴林和占達里將軍各率領戰象分隊，桑南將軍和納隆親王的弟弟納良各率領一千騎兵在兩翼，一方面是為了維護象兵隊形，另外在闍耶的號令下，準備衝擊敵方的兩翼，強迫對方陣型散開。

作為闍耶殿下的首席智囊和親密無間的夥伴，伽耶拉加太子妃堅持要親自上陣，她心裡仍記著吳墒最後的背影，她要在現場為他超度。看是柔弱，骨子裡她是個有義有信的女漢子。

伽耶拉加穿著男裝，戴著盔甲，坐在闍耶身後的另一頭戰象背上，阿萊奉命守在她身後。

軍師陳彥騎在馬背上，不斷派出騎著馬的傳令官，忙碌地協調各軍種行動。

重型盔甲下的戰象威風凌凌，披掛上陣，陳彥吩咐用木棉把象的耳朵孔都堵起，為了防止敵方用號角尖聲干擾象群。戰象的後面緊跟了戰車，然後跟著步兵，兩萬餘人隊形嚴密。

戰象的中間立著為數眾多的軍樂隊，鼓手儘量敲出大聲，鼓勵戰象前進而聽不到對方可能的尖叫。象的聽力非常敏銳，從十幾周的低音一直到一萬多周頻率都能聽到，塞了耳朵的大象主要就只能聽到自方的隆隆的鼙鼓聲了。

如果不是隨後必然的血腥和廝殺，古戰場列陣準備的時候就像一次嘉年華會，千萬顆心為此跳動，一次血和肉的狂歡。

斯里闍耶因陀羅跋摩四世侵入高棉的時候是從陸路進犯，因為當時的船隻沒有太大的運量，所以主要是馬匹，戰象不到一百頭。耶輸陀羅補羅城牆不高，守備虛弱，並不需要專業的攻城器具，當時高棉政局混亂一片，首都很容易就被攻克。

但是他後援無人，又實行異法大失民心，如何抵擋得住越戰越強的闍耶殿下的大軍？

斯里闍耶因陀羅跋摩四世的打算是如果不敵闍耶，他隨時準備且戰且走。按說他的打算不錯，可是存了這個心，遇上懷著必勝之心的闍耶大軍，沒有不敗的。

# 19 闍耶象軍大敗占婆兵

拂曉的陽光慢慢越過樹梢，天氣還沒有熱起來，闍耶的大軍開始行動了。

一聲令下，口令聲在田野上此起彼落。

大象看似笨重，其實加速並不困難。戰象後排的戰車也開始移動，馭手反而要拉住韁繩不讓馬匹走太快了。

二百頭戰象用時速二十公里的速度往前移動，沉重的象步震動著大地，伴隨鏘鏘的武器相擊聲，枝葉小樹在象牆面前倒下折斷。

高棉的兵士舉著他們造型奇特的盾牌和長槍，雖然步伐不整，卻是氣勢磅礴。

側翼的騎兵踏著小碎步前進，馬匹圍著戰甲，騎士帶著頭盔，每四匹緊緊排成一列，長槍像蘆葦一樣在空中晃動。場面雖然沒有歐洲中世紀重裝騎兵威武，可是一大堆即使無序的騎兵壓來，也讓初臨戰場的士兵心驚肉跳。

遠遠的叢林邊上有三三兩兩的農人放下拖著的犁耙觀戰。那時的高棉農民養著牛，卻用人力犁地。

突然馬步跨大起來，騎兵開始衝擊，馬匹依然整齊靠攏，長槍嘩嘩倒下來指著前方。騎士們呼嘯起來，後面揚起一溜塵土……

戰象不緊不慢依照它的節奏前進，對面的占婆戰象也開始迎上來，占婆兵戴著黑色的頭巾，斯里闍耶因陀羅跋摩四世坐在金色華蓋和披蓋華麗的戰象背上，旌旗招展，大搖大擺。

其實對付象兵還不如騎兵可怕，除了大象的衝擊力量，大象的弱點還是很多的，比如砍它的鼻子，用梭鏢刺它的眼睛，用火攻，還有就是上面提到的用號角干擾大象的聽覺……

大象的殺傷力在於它進攻的方向。一旦控制不住，對敵我雙方的威脅都是巨大的。而騎兵如果應用得當，靈活的多，可是東南亞的騎射功夫比北方的遊牧民族不在一個等級上。

猛然雙方的箭矢象蝗蟲一樣開始飛舞，戰象速度不減，箭矢射在象的身上和盔甲上幾乎沒有作用。士兵支起盾牌迎接箭矢，偶爾有人倒下來。重裝的戰象就像現代的重型坦克，隆隆地卷過去，戰象本身的巨大衝擊就是一波打擊。

戰象身後的車兵步兵舉著盾牌跟著戰象踏出的空間，緊緊往前移動，佔領有利地位，一旦落後就會被對方圍毆。

雙方的戰象用鼻子互相擊打，吼叫，象身錯過的瞬間雙方象兵舉刀相砍，象背上士兵用弓箭相射。

在北方精於戰法的漢人，或者格守訓練的羅馬人看來，這樣的戰鬥不太有戰爭藝術感。可是沒層次的戰鬥也是戰鬥，也是拼生命。

有戰象被對方砍傷了鼻子，發怒而狂奔，把身上的戰士甩了下來，立即被步兵一擁而上奮力砍殺；也有戰象倒下，壓著一片步兵；有人點起火來……

雙方的前沿陣線已經交融，很難分出敵我來。

桑南將軍的騎兵已經沖過了占婆軍側翼的陣線，回過馬頭從斯里闍耶因陀羅跋摩四世的後面開始砍殺。闍耶身先士卒，站立在坐騎戰象的背上，尋找斯里闍耶因陀羅跋摩四世金色的坐象，準備和他格鬥。

伽耶拉加驅象緊跟著夫君，阿萊覺得比護衛王子殿下還要緊張。

膠著狀態持續了一個時辰，占婆軍隊開始往後收縮，集中力量向左側翼運動，因為右翼納良將軍的騎兵衝擊受到占婆戰士的頑強壓力，斯里闍耶因陀羅跋摩四世想從這邊突圍。

可是戰象的運動不夠靈活，往側翼的運動跌跌絆絆，順帶著踩踏了一片占婆軍，占婆陣線開始亂了……

在冷兵器時代，戰場上的士兵們需要更勇敢的精神，他們的協作非常具體，就是和最鄰近的戰友保持協調一致，這樣才能增大生存機會。血也好，痛也好，都是麻木的。面對咫尺的敵人，每個士兵的具體意念並沒有那麼偉大，只是一味的砍殺，為自己的生存戰鬥。

所以陣線的維持非常重要，這保障了每個第一線的士兵只有前方的敵人。陣線一亂，士兵就面臨四面的圍剿，生存率就更低了。

法國作家雨果在他的《悲慘世界》裡描寫了滑鐵盧大戰之後戰場的一片蕭煞之氣，真是人間慘劇。

闍耶經過過很多的戰鬥，每次他都奮力要戰勝敵人。可是戰後的斷臂殘腿，傷兵的呼叫，插在地上的武器戰旗，都讓他沒有了勝利的喜悅。

他知道殺戮是必要的，不然不能報仇復國，可是被殺戮的生命他總要超度，願他們不再捲入人世間的仇惡，冤孽循環。

兩個時辰後，雙方士兵都筋疲力盡，殺戮的力量也小了。

斯里闍耶因陀羅跋摩四世變成倉皇退卻，部隊跨過森河，向湄公河方向退去，戰場上留下一千多具冤魂。

闍耶並沒有揮軍窮追。他整頓部隊後慢慢地擠壓敵方過河，立陣在桑河邊，隨便將士們舉著盾牌和長矛，高聲呼叫著，謾罵著，讓斯里闍耶因陀羅跋摩四世從容退去。

這樣的結果好過絞肉機的戰鬥，雙方殺戮殆盡，戰場上剩不下幾個活人。只有雙方都刻意灌輸了仇恨的廝殺才會這樣，幾乎沒有勝利者。

闍耶知道對方無力再反攻，他只想把斯里闍耶因陀羅跋摩四世趕回占婆。

這樣的戰鬥風度只有真正的貴族之間才會有，雖然生死相搏，還保持人的尊嚴。自從草莽介入了權力的爭奪之後，就把生命視為草芥，是人類的羞辱。

中國春秋末期的宋襄公的泓水之戰被後代嘲諷為迂腐，其實不乏對戰爭的貴族操守，是為絕唱。

可是丟掉了金色華蓋的斯里闍耶因陀羅跋摩因此更感到羞辱，幾年後恢復元氣引兵再來。

眼下斯里闍耶因陀羅跋摩還面臨一個大問題，即使沒有追兵，也要把殘兵敗將們安全渡過寬闊的湄公河，才能最後回到占城。

……

在軍士們的歡呼聲中闍耶和伽耶拉加都下了坐象，將軍們引著馬隊驕傲地從闍耶王子殿下、王子妃殿下面前奔馳而過，歡呼著舉著盾牌向殿下致敬。這個是戰勝者用血和勇氣換來的光榮。

闍耶軍俘獲五十來頭戰象，這就是最大的戰利品了。

闍耶安排阿萊負責組織士兵打掃戰場，拖走屍體，救助傷患。命令桑南將軍和納良將軍整頓軍隊有序退回巴肯山營地。

他信步走到一顆樹樁前坐下，伽耶拉加走到他身後陪著他，兩人沒有作聲。身邊除了衛隊，軍隊漸漸退走。

日已近黃昏，空曠戰場只有阿萊指揮著人們用車運送屍體，傷兵，燒焦的樹樁冒著黑煙，地上到處是刀劍和燒殘的旌旗。森河上和對岸遠處已經不見退走的敵人。

夕陽送走了侵略者。

闍耶和伽耶拉加卸下盔甲，低頭默念金剛經，沒有再做聲，跨上馬背，回巴肯山。

高棉僧人在巴肯山帝國寺廟給雙方死亡的軍士做了法事，超度亡魂。希望高棉和平，不再有戰事。

人類歷史卻從來都是樹欲靜，而風不止。

# 20 潺潺愛河從夢裡千轉流出

親愛的麥克，

我想我是墮入愛河了。

早上起來就覺得這裡的樹木發出那麼清新芳香的氣味，鳥兒的嘰嘰喳喳又是那麼悅耳，遇到的遊客、當地人個個那麼友好……我在柏克萊校園從來沒有這樣的感覺過。知道你會樂觀其成。

自詡智商高的人在戀愛的時候也會習慣去分析得頭頭是道，給別人有邏輯說服力。可是我感覺的卻是像風一樣輕，就想擁抱每一棵樹，每一隻鳥兒，每一個人，如果還能飛到雲彩上去。

小月真的是個好姑娘，不是從夢裡得到的暗示，確確實實是真實的感受。看到她，心裡就有被融化的感覺，她有女性具有的所有溫柔和善良。這個就是戀愛嗎?很奇妙。

她溫柔的話語，明快的作風，不說話也會笑的表情，處處讓我陶醉。我很慶幸我的華裔身份容易和她交流，父母親給我的膚色讓我和她天生沒有隔閡。不過不同的膚色就能夠讓我對她有不同的感覺嗎？

我尤其對她的面相特別有感覺，這是天生的吸引力，如果不是轉世影響的話。

不好意思傳她的照片給你，因為你看了感覺也不會和我相同，不是說我的眼裡才會有西施嗎？雖然我向你提到她已經不是第一次，可是從來沒有向你詳細談過我的感覺。喔，這裡是智商分析在做表現嗎？

那天我約她中午在旅館的泳池邊拍照，哦，不是你想的那種，不過我確實覺得她的身材一定會是個好模特。可是你知道我看到從樓上下來的是怎樣的小月嗎？她穿著拖鞋，帶著墨鏡，全身裹在一大堆布匹裡，就像一隻花蝴蝶！我幾乎不認識她！這個是標準的泳裝秀嗎？把我笑得夠嗆。

看見我忍不住的笑，她不好意思了。我沒有請她秀她的泳裝，而就是這樣給她拍了一堆棕櫚樹下，泳池邊上的肖像照。完了我們坐在樹蔭下聊天，出奇的投機，可見相機有時候是很重要的媒介啊！就和遛狗一樣。同好者之間更容易交流。

悶熱的高棉天氣，居然也有這樣涼爽的時刻！

原來她也是幾乎夜夜有夢，而且記得特別清晰。我們交流了自己的夢境，看來真的相似度極高，就像一部電影的蒙太奇一樣，互相銜接就能自然說出邏輯上的故事。

她說她第一眼就把我認出來了，看來還是我傻。

看來這裡真的沒有什麼誤解，確實是冥冥之中有東西傳遞給我們，這種事的偶然性大概幾乎為零吧。這讓我相信所謂緣，一定有前世必然的因。

如果以她說的第一眼就認出了我，我也認出了她，那不是前世今生嗎？世上還真有這樣的事！

女孩子一般比男人聰明，可是聰明的女子會裝作比男朋友傻，即寵愛了男子表現他的英雄氣概，又滿足了自己小鳥依人的欲望，正是雙贏。可是男子往往並不怎麼聰明，卻誇誇其談，讓女伴心裡暗自笑話。你有沒有同感呢？

那天夜裡她是故意叫我過去的。一般的不舒服她會叫她的朋友，可是她認為這件事只有我才能幫助她，在夢裡。可惜我鞭長莫及，我甚至不知道我會不會有她說的那個吳堝那樣的勇氣和忠誠。可是我想，人的價值深藏在心，真誠的愛情會賦予人忠誠和面對一切的勇氣。

有意思的是她說她記得夢裡後來去找那顆藏起來的舍利子沒能再找到，這倒引起我極大的興趣。

我們相約以後交流自己的夢中奇遇，看能不能組成一篇傳奇小說。書名也取好了，就叫「古窟秘緣」。

說的時候她的眼睛直直地看著我，讓我不得不說：你的眼睛真漂亮。對女孩子來說是不是一個信號我不知道，至少我捏了一把汗，覺得自己有點趁人之危。

不想到她聽到之後低下了頭（我真的有點誠惶誠恐地等待），半天才對我說：她約了一幫朋友來吳哥窟旅行是為了來散心，工作單位身體健康普檢的時候她的Pet-CT查出來有點什麼問題。還沒有定論，初戀的男朋友已經離她而去了。說罷又抬起頭來，笑著對我說，可是在這裡她很快樂，尤其認識了我。

我以為這就是一個正面的回答。什麼檢查結果是不是很可笑？和你愛一個人有關係嗎？我覺得有些憤憤然。

我不太理解中國的戀愛法則是什麼，不過我想對我不是個問題：首先你要愛上一個人，然後才有機會瞭解有多少困難等你去解決。不是嗎？

不過，沒有記載說伽耶拉加黛薇有什麼絕症啊？這個前世的回饋有些不靈。然而對歷史學者來說，我們是在寫歷史，不是在做體檢報告，對嗎？考古的你怎麼認為，對木乃伊有什麼病是不是會更有興趣？不知道醫學生是不是這麼認為啊？

不過那是玩笑話，我還是很注意她的健康，只不過這不是感情的壁壘，而是驟然而起的責任感。愛她不是因為她是我前世的情人，不過對我這樣情感困難的人來說，確實有等了她一千年的感歎啊！

我想起她臉上常有沁出的汗珠，雖然可愛，可能就是身體有不適（外行話）。以我的醫學素養，沒法給她提出什麼建議，心裡十分慚愧。當初聽從父母之言去學醫，是不是會更好一些？

愛一個人，能影響他對專業的選擇，這我深深體會到了。

事後我進柏克萊網上圖書館查了，也去暹粒圖書館查了，確實不見什麼釋迦摩尼舍利子的記載。

文獻有因德拉黛薇餓得極端消瘦殉教的碑文記載，但是也沒有伽耶拉加黛薇有什麼絕症的記載。大概黛薇（女神）是不會被記載有什麼疾病的吧。

查前世的文獻，作為歷史學家診斷轉世者疾病的方法，是不是可笑？

如果小月的夢境是真的發生過，那麼舍利子還在什麼地方嗎？

你是考古的，一千年前的天龍座會不會有什麼令人誤解的地方？

我知道你不是星象家，可是我實在想不出為什麼，而且有神蛇雕像的一定是國家級的寺廟啊！舉國之力的闍耶跋摩七世能找不到嗎？

眼下這個超出了我的智商了，哈！

等你的解惑。

明

21

# 闍耶跋摩治小國如烹大鮮

1181 年，闍耶跋摩正式登上本來就屬於他的王位。

他立大乘佛教為國教，開始建造聖劍寺和塔普倫寺。他沒有宣說自己是神授的國王，只是凡人，可是他要修煉成佛。

他正守自己的分寸，規定凡是以自己面相雕刻的佛陀，一律不能坐在蓮花座上，而必須是頂著蓮花的冠。

為了紀念逝去的英德拉王子妃和伽耶拉加王后陛下，所有壁雕上有國王就有和她們在一起的雕像，被後人譽為領導王國的三駕馬車。

凡是雕刻在寺廟壁上的壁畫，闍耶跋摩規定一定要以百姓眾生為題材，不要再渲染印度教的眾神了。

如前所述，塔普倫寺甚至供奉觀音菩薩，建立了龐大的修道院。這是前朝絕無僅有的。

復興後的吳哥王國欣欣向榮，各座寺廟都聚集了成百上千的僧人，大多在寺廟外

另建廟宇，供養佛徒。各個寺廟大建藏經樓，用棕葉紙抄寫經文。

闍耶跋摩下令修建從首都放射出去的驛道，直通各郡，沿途新造一百三十多驛站，高棉稱森木，便利帝國的通訊運輸，促進帝國生產發展。

他計畫建造一百零二所百姓治療和療養的醫院。廣開學校，給士兵和婦女兒童免費上課，皇后伽耶拉加公主親自帶領婦女，義務教學。

闍耶跋摩在盡他理解的大乘佛教基礎上，給高棉古國帶來了前所未有的人道、平等的社會狀態和發展。

除了他的武功，更是他的文治，給闍耶跋摩七世和他的皇后帶來了曠世的聲譽。

這天闍耶跋摩視察了塔普倫寺的建造情況，並祭祀母親回王宮。闍耶跋摩已經簡化了從祖父以來的奢華出行，可是因為是祭祀母親，還是坐著戴著皇家金飾的大象。伽耶拉加皇后也一同隨行。

隊伍的前方是軍馬衛隊，丞相百官和親王們騎象隨後，旗幟鼓樂熙熙攘攘，然後是宮女們花布花髻，手執巨燭和金銀器皿，有羊車、鹿車、馬車，又有宮女手持標槍標牌組成內軍。

闍耶坐在象樓裡，象牙也套著黃金套。跋摩身著用黃金編織的精美花布，手執金刀，頭上戴著線穿的茉莉香花，繫在髻間。有宮女跟在後面執幾十把金把銷金白涼傘，前後還有十來隻長矛，象徵著國王崇高的地位。

隊伍前方的鼓樂隊奏著佛教音樂，伽耶拉加皇后頭戴九頭神蛇鳳冠，坐在隨後有著雙層轎頂的十二抬大轎裡的吊床上，轎杆是金色神蛇納迦。

小王子即未來的英德拉跋摩二世坐在旁邊，阿萊騎著馬陪在轎邊。

闍耶不喜歡出行，因為皇后伽耶拉加按規矩不能和他同坐在一起，長長的路程中無法和妻子交流，讓闍耶倍感寂寞。小王子又占去了皇后很多時間，讓闍耶心裡有些不滿，孩子大了有國師調教就夠了，他覺得王后伽耶拉加公主的母愛擠走了對自己的關心。天下男人相同之心。

闍耶跋摩的王宮在象台的後邊，木質的宮殿用金箔護著牆，用銀磚鋪的地，黃金的窗加上鉛瓦、琉璃瓦使得王宮雄偉壯觀。這些是兩百年前的祖宗建的，闍耶跋摩雖然對自己的生活要求簡樸，可是也無意改變它。

王宮的大柱子都用黃金包裹，闍耶跋摩讓人重新雕刻了佛陀代替原來的濕婆神和毗濕奴神，這是闍耶跋摩唯一改變舊王宮的地方。

國王的儀仗在王宮前停下，皇家的坐象乖乖地匍伏在地，闍耶跋摩被扶著下了坐象，穿過層層走廊慢慢走進王宮。伽耶拉加皇后隨後下了轎，帶著小王子在宮女的簇擁下跟在國王後面，時時提醒好動的王子步伐緩慢，不能像在花園裡玩耍那樣隨便。

轉到後宮，阿萊牽走了小王子，交給室利摩羅國師上課。皇后伽耶拉加親自替國王更衣，接過宮女遞過來冰涼的椰子汁，雙手奉到闍耶手上。

「陛下這幾天為什麼發愁?都不見你說話。」看著國王喝飲料，伽耶拉加小心地問。雖然皇后伽耶拉加和國王同心同德，恨不能同體，又是國王各種問題的首席顧問，可是她從來格守禮儀，溫柔得體。聰明女人都知道格守妻子的身份。

「有好幾天不見你有時間了，」闍耶跋摩有些不快地說，「王子有國師室利摩羅調教，你不必花那麼多精神，何況你還有教學中心的工作要做。」

言下之意妻子沒有更多的時間和自己相處。

「是，陛下。」伽耶拉加低頭應承。雖然是女強人，可是當母親的弱點都是一樣的。

「而且你身體不好，自己要處處小心。」見皇后聽取了自己的意見，闍耶接著說了一句，表示自己是心疼妻子勞累。

早先占城王子釋利毗多難陀那派專人密報，占婆國王斯里闍耶因陀羅跋摩四世正在打造兵船，訓練軍隊，看來是要對高棉帝國不利。占婆軍一貫驍勇善戰，宋國有一名福建人年前到占婆教習他們箭法，使他們戰鬥力陡增。

闍耶考慮之下，請北邊的宋國皇帝出兵馳援，年前就派了陳彥為使節帶著國書和貢品去了北方。

宋國的水軍一行四艘戰船從泉州出發，經七洲洋（今西沙），交趾洋，不經過占婆，直接從湄公河入海口上水到達淡洋，就是如今洞裡薩湖。因為雨季，宋國巨舟可以直達干滂，離王城五十里，已經十天了，一直有納隆親王和陳彥接待，宋國派遣軍的將軍明天要覲見。

「宋國的軍隊已經到達干滂十來天了，第一次招外兵協助，不知道會不會對帝國有危險，心裡有些不安。」闍耶說了心裡話，如果一錯，千古罪人，「不知道如何處置才安全。」

「是，陛下考慮的很對。」伽耶拉加輕輕地說，即使有不同意見，她也是先肯定國王的考慮，「年前我們考慮求助於宋國，就是沒有辦法的辦法。可是宋國禮儀大國，知禮知儀，和我們相隔很遠，只要不蓄意圖謀帝國，就不會有大事發生。」

等了一等，伽耶拉加接著說，「對帝國最大的隱患就是東邊的占婆，必須先除之。」

「嗯，可是軍隊來了，心裡總是不安。而且兵至淡洋，是帝國的心臟，高棉國經不起再亂。」闍耶表達了自己的憂慮，國家存亡，王朝承繼，責在自身，旁人如何體會？

闍耶跋摩的憂慮是有道理的。一百年後大元帝國派來的周達觀特使，就是帶著間諜的任務，詳細觀察高棉帝國的經濟、人文、政治、軍事，為大元帝國南下做準備。

伽耶拉加皇后半晌接著說：「目前只能好好接待，差納隆親王給宋軍多送些給養。同時讓御林軍加強王宮戒備，宋軍不能進城。」

「我們對應得體，宋國自然也敬重我們。」皇后補充說。

「皇后說的對。」闍耶表示同意。他牽著皇后的手，走向臥榻，並肩坐下，接著說：「斯里闍耶因陀羅跋摩對我帝國賊心不死，即使這次能夠擊退，日後還要捲土重來，宋軍又不能常駐我國，這如何是好呢？」

伽耶拉加雙手輕輕撫摸闍耶佈滿繭子的大手，滿是憐惜的情意，停了半天沒有說話。高棉的國王都是孔武有力的軍人，身為佛教徒的闍耶武功卓越，也留下了一雙粗手。

「身為佛祖的信徒，不應該殺生，慈悲為懷。可是為了帝國和百姓的生存，我們不得不勉強為之。」伽耶拉加黛薇慢慢地開了口，「對待斯里闍耶因陀羅跋摩這樣的人，只有一個辦法，徹底把他消滅。」

闍耶回過頭去看了一眼皇后，那張熟悉的美麗慈愛的面孔並沒有殺氣，反而露出了更為憐惜的表情。這份表憐惜不但是為了闍耶，也是為了將逝去的那些生命。

「乘宋軍在這裡，要一鼓作氣滅了占婆。」伽耶拉加放開了闍耶的手，站起身來。王后嬌柔的身軀露著堅定剛毅。

伽耶拉加的一番話奠定了闍耶跋摩未來的戰略，也放寬了闍耶的心。皇后的意見，闍耶就覺得是佛祖的意見。

宮人進來輕輕地對著闍耶，右手放在胸前：「陛下，納隆親王求見。」

「哦，」闍耶答應著，站起身來，「在議事殿見。」

# 22 天宮裡的高棉國王

和納隆親王議事完畢，天色已晚。闍耶跋摩瞭解了宋軍的裝備，宋軍的動態，和高棉帝國的供應情況。事無巨細，納隆親王一一道來，闍耶跋摩深感滿意，關照了明天的覲見注意點，尤其不能讓宋軍進城。

闍耶跋摩吃了一些東西，起駕去天宮。

親密如皇后伽耶拉加公主也是不可以陪同去天宮的。

因為天宮是國王陛下和祖宗、天神單獨交流的地方，旁人不得近身。宮廷官員們都說，每夜國王需要在天宮和天神的代表九頭蛇精陰陽合體，傳遞天神的意見，一日不見，國王必死，一日不去，必有災禍。

每天二鼓後國王才能離開天宮回寢宮與皇后共眠。

做高棉的國王和王后也不容易，有祖制、宗教限制行動，不能隨心所欲。伽耶拉加王后已經習慣，每天要等夫君回鑾才能入眠。

寢宮離天宮路途不到半里，闍耶跋摩信步向天宮走去，宮女侍衛伴在邊上，少不了一堆金傘。

這段路就是御花園了，除了參天大樹，邊上也種滿了奇花異草，連水中都是，發散著奇異的香味。闍耶跋摩小時候就很熟悉，經常在這裡玩耍。

平時除了宮女，也有稱為陳家蘭的女子進出，她們就是額頭頭髮剪去，抹以銀粉以辨別，屬於已婚的百姓家婦女來宮內幫傭，什麼事都幹。

花園裡養著孔雀，翡翠，鶴等禽類，也有麋鹿，各自瀟灑地走來走去，堂而皇之，並無人看管。看著它們，闍耶跋摩的心情放鬆許多。

國家的生養發展，一般的事務闍耶跋摩都交給丞相管理，他自己主要思考王國生死存亡的大事。可是道路、醫院、廟宇的建設，他也要和王后商量後定奪，然後交丞相執行。

闍耶跋摩和王后不定期地會和民眾或者官員議事，解決他們的問題，地點就在王宮大殿。一般的爭訟也就以罰款了結，真正無法解決的案子也被送到天獄去讓神定奪。

不過自伽耶拉加王后被囚天獄之後，闍耶跋摩對天獄有內心的抵觸，一般都迴避。因為祖制不好違背，這種事都交由司法大臣處理。

天宮是由三層土紅磚壘成，成金字塔狀，象徵須彌山，每層有包金的獅子大象雕塑守衛。塔高39尺，最高一層建有富麗堂皇的畫廊，平臺上有金寶塔一座，那就是天宮所在。紅磚塔四面都有陡峭的石階直達須彌山第三層，只容國王一人手腳並用才能登攀，下塔也是手腳並用，面對須彌山，不得不敬畏有範。

有人以為獅子只是非洲獨產，高棉的獅子和神蛇 Naga 一樣只是神話杜撰。其實不然，亞洲獅子當時在印度河流域尚存，是印度教裡的神物，當然也流傳到了東南亞高棉。

過去王后伽耶拉加也會陪伴夫君走到天宮腳下，等他結束後一同回宮，和民間熱戀的情侶一樣。自從有了孩子，王后就無暇了。

有時候侍衛和宮女也會相隨登到須彌第三層，等待在金寶塔外。可是闍耶不喜歡這麼做，他情願自己獨自攀登。

闍耶跋摩已經習慣登攀，而且是慢慢地匍匐著引體向上，心裡默念金剛經。侍衛們緊張地守在階梯下，以防國王失足，可以及時弛援而不致於傷及聖體。這樣的事過去發生過，是國王病老了之後，可是闍耶尚在壯年。

闍耶跋摩登上第三層須彌台，穿過廟門闍和畫廊，向天宮金塔走過去。拔地這麼高，微風陣陣，特別安靜，有種高處不勝寒的感覺。闍耶喜歡這樣的感覺。

凡是高處不勝寒的人，反而更喜歡獨處，他需要獨自思考獨自負責，所以更相信天意的啟發。

在第三層須彌臺上，是闍耶跋摩最感舒服的地方，涼爽，安靜，心曠神怡和人世無涉，真的覺得是在須彌山上，和諸佛相近。雖然想多待一會兒，闍耶還是習慣性地不停下腳步，慢慢地走過這段最舒服的地段，向金寶塔走去。

走進金寶塔，面對的是他換成的釋迦摩尼的木制金身和一油缸的永明燈。闍耶上前挑了挑燈芯，室內光線亮了些。合掌念了幾句經文後，闍耶坐到旁邊的一席睡塌上，盤腿閉目打起坐來。

早上妻子伽耶拉加對他說的話離不開他的腦子，他細細地思考和納隆親王商量的對策和明天的覲見。

想起王國的水師狀況可慮，主要是造船的技術落後，不比占婆臨海，海上貿易發達，船隻建造先進。高棉國的船隻大多是手劃的快船，用硬巨木鑿成，用火燒軟後再撐開；再大的也只是用斧頭鑿開，鐵釘固定，上面用木板、茭葉覆蓋，用魚油黏連。

平時王國並沒有水軍，只有一些治安用的巡邏隊。這樣的戰船自然無法和占婆的大風帆船抗衡。

現在臨時訓練水軍，主要還是陸軍水用。闍耶跋摩的擔心是有根據的。

今日和納隆親王議談宋國戰船如何先進，覺得應該讓高棉的工匠好好學習宋國的先進造船技術。可是這哪裡是一撮而就的事啊！所以戰法一定要仔細研究。

這次宋國派來的戰船不多，具體戰力不明，占婆可是有幾十艘戰船，闍耶跋摩又有些擔心，畢竟此戰只能勝不能敗。

到目前為止，還沒有什麼值得擔心的。但是國王就是要在事情沒發生之前什麼都要想到嗎？

闍耶舒了一口氣，慢慢地進入坐禪的狀態，周圍的一切都離他越來越遠，只有失去的那顆佛祖舍利子在黑暗中閃閃發光……

這顆失蹤的舍利子是國王和王后的心病，多年來闍耶跋摩差人到處翻找，開始的時候伽耶拉加王后也親自尋找，可是居然消失無影無蹤。當時伽耶拉加藉以定位的西塔星依然閃爍，可是相應的班蒂吉載寺廟裡怎麼也找不到？那具推倒的 Naga 蛇神也找不到。

司天大臣也搞不明白，天龍星是不會變的，冥冥之中有些什麼不對頭的地方？還是佛祖顯靈，嫌高棉王后不夠虔誠，取回了他的舍利子？

每每想得難過，王后伽耶拉加都會去巴肯寺許願，做佛事，問佛祖是不是緣分不夠？此事又不能張揚，心裡很憋屈。

事後國王和王后越發普愛天下，為百姓謀福利，為己贖罪。是福是禍，高棉的百姓並不明白。

今天闍耶糾結的軍政問題有了安排，心情疏解了些，在金塔坐的時間長了些，遲遲才回寢宮休息。

# 23

# 宋國馳援是核心外交的成功

第二天又是一個好天，這在雨季末的吳哥真不常見，是個好兆頭。

一早闍耶跋摩梳洗完畢，起駕前往象台，接受宋國將軍覲見。伽耶拉加王后照例隨行，華蓋雲集，號角、海螺、長笛等鼓樂齊鳴。

覲見安排在陛下接見外國使節和操練軍馬的象台，也就是天宮的前部，與天獄遙遙相對，離皇宮不遠。

除了阿萊外，國王的持刀侍衛和隨從都是宮女。這是因為高棉當時醫術不精，閹人達不到水準，所以放棄了製造太監這一行，一律使用女性。

當然這些女子主要面貌姣好，細皮嫩肉，做別的可以，武功倒不一定咋滴。

象台主要臺階兩旁各有浮雕和立體雕相融技法的三頭大象，三條大象鼻子各支著邊台，雕塑包著金箔，閃閃發光，象冠也被闍耶跋摩下令改為蓮花冠。眾大臣官員都已在象台前等候，象臺上只有國師室利摩羅，軍師陳彥，丞相與一眾宮女在旁。

國王的五香寶座鑲嵌七色寶石，王后的座位就在國王邊上。御林軍旌旗招展，長瓔林立。在御林軍週邊是帝國的二十位親王和將軍，再遠站著王朝的幾百高級官員們，個個氣宇軒然。

國王坐下，鼓樂聲停。在阿萊的引導下，納隆親王出列，謙恭地走上臺階，右手放在胸前，大聲說道：「我是闍耶跋摩陛下的臣子納隆親王，向陛下報告！」高棉貴族只有名字和稱號，不言姓，所以官方場合也是如斯自報家門。

在得到首肯後，親王接著說：「承高棉帝國闍耶跋摩陛下邀請，大宋國周大將軍率領水陸宋軍前來高棉國助陣，現覲見闍耶跋摩國王陛下和伽耶拉加王后陛下。」一鼓樂聲起，隊列中閃出一位戎裝的軍人帶著副帥快步向前，正是大宋國大將軍周擎天。周將軍雙手遞上宋國皇帝國書，阿萊取過雙手遞給闍耶跋摩。

闍耶跋摩接過國書，交給王后，王后遞給了陳彥。陳彥打開大聲朗讀一遍後，闍耶跋摩微笑著招呼周將軍向前，賜座。宮女取來座位放在國王邊上。

闍耶問起了宋國皇帝和宋軍的林林總總。周將軍前傾著只坐了一半的座位，回答畢恭畢敬，言必半低著頭以示尊重：宋國皇帝很尊敬高棉帝國國王陛下和王后陛下，很重視高棉帝國和大宋國的傳統友誼，現派遣本人率領三千陸水軍和戰艦四艘前來支援闍耶跋摩陛下，正駐紮在淡洋干滂港，受到高棉帝國國王的悉心接待，所需糧草很充足，高棉百姓很友好，云云。

宋國大將軍的教養和風度讓闍耶跋摩大悅，指示占達裡將軍協助納隆親王負責接待、協同宋軍訓練高棉水軍，提供訓練用校場和水域。並指示陳彥軍師調撥一切軍需品滿足宋軍需要。

周將軍謝恩，邀請國王和王后有便時參觀靡下戰艦，闍耶跋摩欣然允許。觀見結束。下朝以後各位公卿自然好酒好菜接待周將軍和幕僚，皇家庫房直接調撥酒肉給宋國軍士會餐，這都是必不可少的。

闍耶跋摩和王后商量，想現在就去觀摩宋軍，一解心頭之慮。伽耶拉加王后明白夫君想的是什麼，欣然同意。

因為是工作旅行，不必什麼排場，國王下令，大隊人馬排好就出發。國王王后都騎馬，和周大將軍並轡而行，五十里地，一個時辰也就到了。

因為有快馬前報，宋軍早已在副統領率領下以受閱的隊形列隊兩旁，個個頭頂結著髮髻，明盔亮甲，旌旗分明。四艘戰船就下錨在淡海湖中央，需要坐小舟登船。

高棉的將帥、高官隨國王登船，衛隊駐守岸邊，或駕駛小舟跟隨。船小人多，就顧不了多少尊卑先後。

周將軍幫助闍耶跋摩和王后登上甲板，殷勤示範戰船和武器。除了周將軍是主帥，各戰船還有船長和主將，負責行船和進退，配合戰鬥需要。

各水軍按部就班表演操作，一聲令下，起錨張帆，一聲聲吆喝，戰船慢慢啟動。

戰船相互離得遠了，有水軍打著旗語發佈命令。也有水軍攀登到了桅頂，做四周瞭望狀。

宋國戰船都在十五到二十丈長，闍耶跋摩等登上指揮樓，往前一看，水面一目了然。

周將軍讓國王看著十丈高的桅杆，演示船帆可以飛快地掛起來，又落下去，桅杆也可以很快倒下，再豎起來。船長解釋說這叫做垂天雲帆和可眠桅，都是機械操作，動作極快。在風暴或者戰鬥來臨時，能夠很快地放倒。桅杆用福建衫製作，堅固耐用。桅杆頂部又有一小片雲帆，叫野狐帆，觀察風向，風有八面，除頂風外七面可行。

一行人又走到船尾，只見舵工正在操舵，船長讓闍耶跋摩試了一下，其輕無比。船長解釋說，這舵可以平衡，又可以升降，操作輕便，航行控制很容易，可日行三百里（速度可達二十節）。

眾將帥都嘖嘖稱奇。

周將軍又向闍耶跋摩展示船上的女牆和戰格，戰士用來保護自己，同時用長矛弓箭從其中攻擊敵人。高棉王國的城牆都還沒有如此的設備，不知什麼原因，王國也始終不這麼做，城牆也一直光滑如洗。

周將軍又讓士兵發射弓弩和火統，劈裡啪啦，火龍飛舞，煙霧騰騰，眾人看著大驚。高棉的火藥都是泊來品，自己不能製作，所以只有做煙火信號用，不能實戰。

高棉國有攻城用的巨弩，幾個戰士才能操作，不想宋國有這等靈巧的弓弩。闍耶跋摩思付著要派工部巴丁去學習製作。

主甲板上還配備有砲車、拍杆、擂石、鐵汁等戰具，闍耶一一問來如何操作，多大殺傷力，等等。

最後大家下到船艙裡，看見船身兩側有棹孔，水軍坐在船艙內的橫樑上，船槳由此伸出劃水前進。

一行人看得趣味叢生，興致勃勃。

在回港口的途中，周將軍向國王王后陛下解釋戰船還可以裝備防矢石的戰蓬，不然在敵船強攻之下可能會有損失。看到如此，闍耶跋摩已經不認為宋軍有可能失敗了。

對於宋軍的戰力，高棉官兵已經歎為神力，可是闍耶跋摩心裡很清楚，最後的勝利還是要靠高棉帝國的將士自己用命來贏得。雖然武備相差很多，可是也不能在友軍面前丟了帝國的臉面。

闍耶跋摩心情大好，宋國皇帝和周將軍對自己的尊重和合作的誠意讓自己不再擔心兩軍的協調行動，接下去除了訓練水軍，討教宋軍，就是戰爭準備了。

淡洋和湄公河沿岸都派出了幾百里水哨。

# 24

# 明月出戰洞裡薩湖大捷

暹粒南面的洞裡薩湖是這片國土最美麗的一片水面，古代稱為淡洋、淡水湖，雨季的時候能達到幾萬平方公里，湖裡魚蝦豐富，是高棉人民的生命寶庫，是東南亞最大的淡水湖。

小月的同伴們要去遊湖，嬉笑著讓小月約明一同去。她們哪裡知道，即使不讓小月去約，小月也會請明一同去的。

姑娘現在心情特別好，看見明，陽光也特別明亮。尤其看到明開朗的笑容，寬寬的肩膀，小月都有想融化進去的幸福。

好夥伴，已經形影不離了。

遊船開的很快，明站在船頭上尋找著風光照相，小月坐在明的身邊睜大了眼睛四顧，生怕漏掉了什麼迤邐風光。

雨季的湄公河及其他七八條小河把淡水倒灌進洞裡薩湖，旱季才一米深的湖水現在湖邊到處是露出水面的樹冠，就像是水草一樣，可是它們是十來米高的大樹呢！

洞裡薩湖是這樣一種美麗，寬闊而又平平靜靜，連接著同樣廣大而又平淡無奇的天，告訴你真正的世界就是這樣，樸實無華。

傳說中湖底的蛇神如果不出嫁自己的女兒給印度王子，不攪動這片靜水，世上本來就無事，洞裡薩湖水也不會被蛇神按季節這麼大量地吞吐。是不是和印度教一個寓意？或者是因為印度教才有這樣的傳說？可是眼下除了天空變幻的色彩，就是遊船劃開水面的波紋了。

這裡有一大片地地道道的水上居民，有水上商店，水上學校，水上派出所，還有水上教堂。一大批戰爭後不能回國的越南人和一小批躲避地雷而落泊水上的高棉人失去了土地的權利，只好幾十年來待在浮動的水面上，聚落成村莊，靠著洞裡薩湖的慷慨養活自己，也成了一景。

遊船慢慢開進了水上民居。

戰爭是這樣一種東西，它根植人的本性，似乎其他動物同類之間沒有這樣的行為模式。它成就了一些人的輝煌，也造成了更多人的悲劇。可惜後世往往只讚美輝煌而忽略了消失的人和他們因此消失了的後代，人只記得自己現在看得到的東西。

上帝造就了人，吹口氣給予靈魂，這樣的靈魂有什麼用意？

看罷水上人家，大家登上簡陋的觀景台，欣賞洞裡薩湖斑斕的落日。天邊湧出來的雲一會兒像山巒，一會兒像蛇頭，晚霞繡著雲邊，惹著無限遐想。

觀景台下圈養的鱷魚熏上來一陣陣腥氣，一些七八歲的兒童劃著小舢板，向遊客推銷這個那個。

幾條小舟，掛著長脖子螺旋槳，被一台便攜式柴油機推動著，瀟灑地開來開去，在水面撩起了誘人的水波。明向小月使個眼色，兩人下到下面浮台，想搭一下洞裡薩湖這種特別的交通工具。

甩了同伴們的兩人坐在快船上，有說不出的開心。雖然是業餘裝配的快船，不像專業的快艇可以在水面上飛躍，可是長長的螺旋槳軸反倒是給小舟增加了平衡。

船在水面上行駛得很平滑。如果能拖一對滑水板，一定滿是好節目。明興致來了，開始滔滔不絕地給小月談起滑水運動，鼓動她日後試一試。小月一臉幸福地看著他說，也不知道聽進去了沒有。

都說戀愛中的男女智商為零，現在就是小月和明都失去智商的時候。

晚霞中的一道風景，燒紅的水天之色上，溫馨浪漫的剪影。浪漫不但屬於他們自己，也屬於看風景的人。

深秋的湖面，說不準什麼時候就會起霧，彌漫的霧帳慢慢地飄過來，不知不覺中快艇慢下來，被霧籠罩。一片朦朧的美。

坐在船頭的明想問一下船家行船是不是安全，可是回頭看他也隱在霧中了。

……

霧裡穿出來一艘六人的划槳船，船頭站著兩個著丁字褲和黃色綬帶的水手。明聽見他們大聲招呼，近了才聽清楚，「陛下，陛下，親王等著您哪！」

明跳上划槳船，有人接著。回過頭去，只見水手正扶著小月上船。一切好像那麼自然。明想起他的相機落在快艇上不會遺失吧……

小船划得很快，霧裡漸漸露出一艘大船的輪廓，旌旗招展，長矛林立。

諸人扶著明登上了大船，明認出是阿萊走過來，右手放在胸前：「陛下，一切如你的安排都準備好了，請陛下就位。」

「好！」明答應著，看到船甲板上站著陳彥軍師，納隆親王，占達裡將軍及一眾首領，大宋周將軍也按劍立在一旁。

陳彥上前，右手放在胸前，說：「陛下的臣子督軍陳彥，司天大臣說大霧還有一個時辰必散。請陛下定奪。」

明覺得天生來了底氣，胸有成竹，掃了大家一眼：「按計劃進行吧！各就各位，看帥船的煙火信號！」

「是」眾將軍將右手放在胸前，低頭答應。明．闍耶特別招呼周擎天周將軍：「周將軍，一切拜託！」

「是！陛下放心。」周將軍應聲下了小舟，徑直去他的艦隊。納隆親王和諸位將領也都紛紛下了小船各自離去。帥船上只留下了陳彥和幾位戰將。明．闍耶離開他的寶座，徑直走到主甲板前。

明回頭看了一眼小月，只見她甲冑在身，手持佩劍，英氣勃勃，穩步站在自己身後，兩眼看著自己，既是信賴，又是支持，更是柔情。這就是自己的主心骨，伽耶拉加王后。

霧氣漸漸散去，阿萊遞過來一把長刀，明．闍耶接過來用力一揮：「出發！」

身後的傳令官一聲聲傳令下去。「通」的一聲，煙火飛起，在天上炸出一朵蘭花，戰船慢慢地移動起來。明．闍耶看到有將士揮動小旗，左右兩邊的戰船慢慢地都劃動起來。一聲聲口令此起彼落，廝殺前的空氣凝固了。

明．闍耶仗刀立在甲板前，將士持矛環立船邊，阿萊和伽耶拉加王后緊緊地站在國王後面，八百年前的高棉帝國的水軍臨時訓練起來，也還沒有很多火器，水戰靠的也是刀箭。

船越走越快，明．闍耶已經看到自己左右翼的船隊，整齊地齊頭並進，號令一聲一聲，各位將領都持刀劍立在船頭，身先士卒。

遠處的宋軍是張著風帆，掛著周字大旗，一字長龍。

慘澹的天色下前方一排排占婆的戰艦露出猙獰的面目，正是上風，都鼓著船帆。明・闍耶覺得血液沸騰起來，原始的本能使他反而鎮靜下來。他一揮手，副將大吼一聲：「擂鼓！」

震天的鼓聲一陣陣整齊地擂響了，迎面的風把船上的旌旗吹得嘩啦啦地響，兵士們吆喝起來。

劃槳手跟著鼓聲一下一下地劃著，戰船像箭一樣向敵船飛去。

「弓箭手準備！」弓手們跪倒在甲板上，持弓搭箭。盾牌手跪在旁邊掩護。雙方越來越近，像猛獸互相撲食一樣，義無反顧。一陣陣箭矢雨一樣飛來，有士兵各舉著兩面長盾牌擋在國王和王后的前面。聽得見箭矢釘在盾牌和船上的咚咚聲。

明回過頭去看小月，她毫無懼色，也朝他給了一個微笑。

又是一發煙火，破空而去，劈劈啪啪一陣響聲，高棉水軍突然兵分左右，突向占婆的側翼沖去。高棉戰船都是劃槳船，口令一下，左右舷槳手一掏槳，非常靈活。占婆帆船反而應對不暇。

「放箭！」將軍們一聲令下，箭飛蝗似地飛去敵船。占婆的戰船比高棉的大，徑直就向前撞來，好像撲了一個空，要收回力來就慢了一拍。

高棉的船隻雖然低矮，可是都是硬木，造了沖角，槳手們用了死命，死死地向占婆戰船攔腰沖過去，然後吆喝著往後退，露出捅出的大洞。

戰船靠攏的時候雙方先用長鉤搭住對方的船幫，再用長矛互捅，借力猛刺對方，有箭羽來回射著，棕油火把互相扔來扔去。

高棉的水軍雖然勇猛，可是船低，勢在吃虧。占婆軍居高臨下抵近猛射箭，高棉軍很難射中高船上的敵人。經過宋國福建私人箭手的調教，占婆軍箭法大大提高，高棉軍士兵紛紛倒在甲板上……

雙方的投石器也開始往對方的船上扔石頭，占婆的船高，投石器大，又占了便宜。雨點一樣的投石飛過來，高棉戰船有些被砸壞，水一下子就湧進來了。

明．闍耶站在甲板前方觀戰，聽到側翼的宋軍戰船也傳來隆隆的鼓聲，落了帆，倒了桅杆，排成了一字橫排，從船側進攻占婆兵船。飛蝗似的火弩從側面飛向占婆軍帥船，能聽到劈劈啪啪的放火統的聲音，和一聲一聲沉悶的炮聲。這些武器在當時就是當代的魚叉反艦導彈了。

占婆兵船的大帆紛紛起火，斯里闍耶因陀羅跋摩的金色帥旗也起火了。雖然是水戰卻從來都是火攻為上，很多船起火，火勢越來越大。

有水性好的水軍潛入水下，用宋軍提供的大錐子鑿開敵人的船底，有船歪歪斜斜起來。雨季的洞裡薩湖可以深達十丈，足以讓占婆的戰船沒頂。

這時候鼓聲急促起來，催促戰士登敵船，開始接舷戰。

帶鉤的雲梯架了起來，高棉戰船死死地勾在了占婆船上，將軍們帶頭跳上去，成群的戰士踴躍跟上，就像攻城牆一樣，執著盾牌用刀劍猛攻敵人。短兵相接是高棉軍人的特長，形勢慢慢明朗。

占婆軍本來仗著船大箭多，採用齊頭並進的戰術，又在上風，本來勢不可擋，想利用牆頭優勢壓垮高棉軍。可是高棉水軍靈活的劃槳船避重就輕，四兩撥千斤，中間的樓船沒有起到撞擊的作用，轉回頭來動作也慢。給了高棉水軍圍攻的機會，就像後世說的狼群戰術，一艘占婆帆船被十幾艘高棉船四面纏住猛打，漸漸吃不了兜著。

再者鼓帆也犯了水軍怕火的大忌，被宋軍劈劈啪啪一陣火攻，火燒連營。開始有船沉下去了，有占婆水兵為躲避火燒往水裡跳。洞裡薩湖裡是有鱷魚的，明．謫耶看到有落水的士兵一下子就沉了下去，像是被拖下去的。血腥泡沫在水裡浮了出來。

……

幾個時辰的惡戰，戰鬥也慢慢沉寂下來。有的船沉到湖底，水面只露出桅杆，有的擱了淺在燃燒，也有的翹著船頭坐在淤泥裡。

水戰要撤退是很難的，七成的占婆船沉了，兩成被俘獲，只成功退走了一成。明．謫耶命令放煙火，讓占達里將軍繼續追趕，被俘的占婆船在高棉軍指揮下驅趕鱷魚，打撈落水的占婆兵。

明．闍耶和王后移尊到了斯里闍耶因陀羅跋摩的帥船上，燒焦的桅杆還在冒著黑煙，兵士給國王陛下和王后陛下端來座椅，武士衛隊隨後。眾將官也陸續登上來，圍在國王和王后的周圍。納隆親王指揮士兵把俘獲的占婆將軍一一帶上來，點完名後又帶下去。

最後帶來的是斯里闍耶因陀羅跋摩。

明．闍耶跋摩以前沒有見過斯里闍耶因陀羅跋摩四世。濕漉漉的斯里闍耶因陀羅跋摩剛從水裡撈上來，一見之下吃了一驚，五短身材，兩條濃密的眉毛下一對傲慢無禮的眼睛，國字臉依照穆斯林的規矩留著鬍鬚。這明明就是……

斯里闍耶因陀羅跋摩右手放在胸前，向闍耶跋摩行了個禮算是對勝利者的敬意。

明．闍耶頓了頓說：「占婆是個富裕的國家，森河之戰本王特地留你一條生路，好好經營你的國家，占婆高棉兩國百姓相安無事。為什麼一再侵犯高棉，眾生遭殺戮，非要落得此等下場不可？」

「陛下，」斯里闍耶因陀羅跋摩半低著頭說，「本王一切行為都是秉承真主之意，真主是天下的主，本王要代真主管理天下。今天你借用外軍，又有什麼好說的？」見明沒有答話，抬起頭來，看著闍耶跋摩又接著說，「如果你放我回去，我們約定三年後單獨再戰。」

明．闍耶閉目沉思半天，感覺到了身後王后無言的壓力，慢慢睜開眼睛說：「佛主慈愛天下，超度萬物，但也不是什麼都與他有緣。兩國之戰，不是兩人之爭。你雖作孽不可活，必下十八層地獄，可也算是一國之君，你就留在高棉不用再回占婆了。」說罷，阿萊示意兵士把斯里闍耶因陀羅跋摩帶下去。

明心裡明白，斯里闍耶因陀羅跋摩四世殺不得，此人孽緣未絕，暫寄他一條性命。斯里闍耶因陀羅跋摩四世最後終老在高棉王城腳下，也算是善終。

洞裡薩湖大捷是闍耶跋摩七世的決定性戰役，奠定了高棉帝國在東南亞的至尊地位，從此高棉再也無敵，國勢雄跨暹羅、老撾、占婆。

1190年，闍耶跋摩七世遣占城王子釋利毗多難陀那為前鋒，帶領兩萬士兵坐戰船從湄公河進入占婆，攻佔占城，立妹夫奢雅加法美德發（Suryajavarmadeva）為王。十幾年後又因為原占城王子釋利毗多難陀那內訌而並占婆為高棉一個行郡，那是後話。

明．闍耶下令凱旋回王城與百姓歡慶十日，賞全軍，重賞周擎天將軍以下全體宋國軍士。

自此以後每年的西曆11月初，高棉帝國都會舉行盛大典禮，又叫給水節，慶祝洞裡薩湖水戰勝利。王國的國王都會和貴族們齊齊出席，慶祝會上的重頭戲就是龍舟賽，模仿當年英勇的先祖們為國貢獻。

言罷和王后下了小船回高棉帥船，明．闍耶跋摩看了看水面那些七零八落的沉船，想來到了枯水期，都是當地漁民的好收入。

船行不久，大霧又來，正是菩薩保佑，兩軍相遇時沒有大霧，否則戰況多有不測。

……

不料出得霧來，兵船硝煙都不見蹤影，沉船也不見一條，只見月色高照，湖面一片寧靜。

明愕然回過頭來，只見小月呆呆地瞪著他，倆人依舊是在長脖子引擎的業餘快艇上，明的相機還坐在那裡，正朝觀景台駛去，遠處的燈火在夜色中一閃一閃。

到了碼頭，明給了船家一張二十美元，算是船資以外的小費，自己也說不出是為什麼。為洞裡薩湖大捷？

兩人自然遭到遊伴們的一通埋怨，小月一一道歉，謝她們的不棄之恩。明都回不過神來，無語，只呆呆地想。

都說山中一日，世上千年。怎麼世上一個小時，「山中」幾十年？

深秋天黑得早，雖然依舊燈火闌珊，水上村莊也慢慢安靜下來。好在還有末班交通船，大家還能趕回旅館吃晚飯。

到了暹粒，小月在水果攤買了幾個椰子和榴槤，高興得很，一定要明和她一起品嘗。小月的天真活潑一點都不受時空穿越的影響，不知道是有好定力，還是天性開朗，不願意想太複雜？

飯後晚上兩個人都想好好交流一下。明特別想知道水戰的時候小月站在自己後面想著什麼？感覺什麼？

小月的回答很實誠：「沒在意橫飛的箭矢和舞動的刀劍，就是想和你在一起。」這個就是女人，無論是古代王后還是現代辦公室白領，最最本能的想法吧？明被深深地感動了。

# 25

# 天象下的古窟之困惑

親愛的麥克，

每天和你談，都有談不完的奇事，我都見怪不怪了。

如果承認有前世今生，前世的記憶，隔世的記憶，那麼今天是時空的穿越了！而且和小月一起穿越。當時最重要想法就是：千萬不能戰死了，否則就回不到二十一世紀，就見不到小月了！你說闍耶跋摩七世會有這樣的想法嗎？

我跨回八百年前指揮水戰，當時的闍耶跋摩七世又在哪裡呢？真的是有平行空間嗎？

而且發現有穿越，或者隔世今生的還大有人在！我真的要好好調整自己的思維邏輯。

本來我對這些神秘問題還是秉著將信將疑的態度，可是自從自己身上出現的不可思議的現象後，真的覺得一切皆有可能。

現在有的人讀了幾句量子力學，量子糾纏，就奢談什麼靈魂、前世，只是牽強附會。

佛學從來都不是教人穿越的，佛學之所以和現代物理學看似接近，只不過現代物理學家的哲學思維開始靠近了佛學的思維模式而已。佛學不是科學，與佛學攀比，不但是誤解了現代科學的範疇，也模糊了佛學的思辨價值。

和小月討論關於失落的舍利子，她只記得做了什麼，可是對為什麼這樣做沒有記憶，應該是她沒有這方面的訓練，不容易記住。這讓我對於伽耶拉加的星座定位有些迷茫，越發對星座和吳哥窟廟宇的確定性發生了興趣。

可惜我不是天文學家，對這些不懂的計算感到頭昏眼花，即使用網上的天文軟體也苦苦思量，是不是能得到你的幫助？

瑪雅人對於太陽系的精確知識本來已經讓世人震驚了，可是你來信告訴我加拿大少年威廉·加朵利最近因為研究星象的對應關係而在墨西哥尤卡坦半島的叢林裡發現了失落的瑪雅最大的城市，更是激發了我的好奇心。

在研究埃及和兩河流域的遠古歷史時，就知道了吉薩高地的金字塔群和獵戶座的排列有驚人的相同。

1993年比利時土木工程師羅伯特伯法爾（Robert Bquval）從南北方向觀測獵戶座，發現獵戶座的明他卡星（Mintaka）在尼塔剋星（ALNtak）和尼蘭星（ALNiLam）連線的東方，恰好與神秘的哈夫拉金字塔、胡夫大金字塔和曼卡拉金字對應，並得到了數學家和天文學家的全面肯定。而且它們的完美相應並不是西元前2500 年左右的第四王朝的天空，而是西元前 10540 年左右南方的天空圖！

獅身人面像也在西元前 10500 年春分日出時刻和東方高掛的獅子星座遙遙相對。

而吳哥窟自巴肯寺、巴戎寺一線向正北，至少有15個主要寺廟的連線符合天龍座諸星，幾乎十全十美。可是那也是西元前10500 年時的天龍座座標，而且因為進動原理，那時候的天龍座可是遠在地平線下看不到！西元後 800 年的吳哥建築師又怎麼能知道一萬年以前的天龍座呢？是不是有埃及的星象學家經過波斯、阿富汗地區把知識傳到了印度河流域，再傳到東南亞？開國的高棉跋摩們的高參可正是印度僧人啊！

遠古人類特別注意靈魂和天象的關係，追求在冥冥中永生，可是對同樣遠古年代的定位卻實在詭譎。獵戶座和天龍座在天象上正好一高一低，在西元前 10500 年的春分日出時隔著子午線正好是最高和最低的位置相對，獅子座也正好在東方地平線上對著獅身人面像，而後它們開始一低一高的運動，25920 年轉 360 度回到原來位置。

天象每72 年旋轉一度，離開埃及吉薩高地東移72 經度正好是東南亞的吳哥窟！再東移兩個72 度又是南美洲瑪雅文明區！是不是太多的巧合，已經沒有可能是巧合了。

800 年前的那天晚上，伽耶拉加在緊急情況下臨時無法用任何辦法標刻她藏舍利子的地點，但她又不能不把它藏起來，只能用很不準確的星座來大致記憶。從小的宮廷生活讓她知道天龍座和吳哥廟宇之間的神秘關係，她最可能用手臂指向天龍座，記住手臂的角度和位置，再用仙女座什麼的參照。據小月說，她記得的是天龍座西塔星，那麼根據她示範的角度，最可能是班提吉載寺。我相信後來伽耶拉加一定把班提吉載寺翻了個底朝天，可是他們說連翻倒的蛇神 Naga 都沒有見到啊！

如果不是佛祖有意收回舍利子的話，那麼這顆舍利子應該還在那裡！不過看來伽耶拉加黛薇王后後來寧可相信是前者，年年去巴肯寺還願。

星座在遠古時候可以導航，所以波利尼西亞人可以用獨木舟馳騁南太平洋，發現了紐西蘭，科克群島，可是用來定位卻是不怎麼靠譜。想來想去只有一種可能性。

伽耶拉加失去了吳墒的幫助，受了傷又迷失了方向，高強度奔馳，她對時間的概念一定是恍惚的，就像我從美洲大陸飛到東南亞，對時間要想個半天才迷糊記得。如果伽耶拉加天明時分才到巴肯山的營地，藏寶的地點又是吳哥 600 所寺廟之一，那麼離暹粒一定不遠。實際上她藏寶的時間應該是很下半夜了，這個時候的天龍座已經在天空轉到其他位置。時間不對，天龍座位置就不對，如果她受傷的箭毒有迷幻作用，她的定位就會有極大的差錯，即使仙女座給了夾角，大概她要萬無一失的回憶也是很困難的。

那麼她藏寶的地方一定不是在班提吉載寺。

假設她藏寶時間是黎明前不久，借用小月模糊的記憶，有沒有可能再找到寶貝呢？

這個念頭這幾天死死纏著我。

這已經不是歷史學的範疇，應該是考古學家的事了，後悔沒有和你一起來呢。

作為副產品，我在思考的時候想到了另一個問題。

有考古學家認為，不過按照斯坦伯格教授的看法不能稱之為考古學家，埃及胡夫金字塔等地基因為有古老的水跡，建築土地過於的平整等等理由，很可能它們是建築在遠古留下來的地基上！

至於誰、什麼時候建築的地基就不知道了，當然這地基上原來就有建築物。那麼對於金字塔能夠對應西元前 10500 年的獵戶座就有可信的解釋了。造地基的人在建造第一輪建築的時候，獵戶座就在頭頂心上！

也有人質疑吳哥窟的寺廟是建築在原先已經有的地基上，所以能夠精准對應天龍座不是吳哥王朝跋摩們的見識，最多只是因為信仰或者知識而跟隨前人的足跡。

反對者說，深深的地基是因為防止水土流失而後來建築的。孰對孰錯？真不好說。

可是我想到 12 世紀的闍耶跋摩七世最多知道高棉王朝的傳說和格局，那個時候的天龍座和西元前 10500 年是大不同的，可是他把聖劍寺（Preah Kuan）和塔普倫寺（Ta Prohm）準確無誤地建造在西元前 10500 年天龍座的佛愛星和艾塔星的位置上。他是怎麼做到的？是不是真有先人遺留下的地基？這原始地基上的建築物又是誰、什麼時候建造的呢？

可惜我穿越回去的身份，並沒有闍耶跋摩七世的精細記憶，所以不知道他老人家是懂還是不懂裡面的訣竅。穿越幾百年回去，大概帶不回精細的思維邏輯和密碼，現代人和古人的腦迴溝也有不同?真是越想越玄乎。

有學者說我們這一期的文明開始於西元前4000年，聖經創世紀第一章就寫在3600年前。西元前一萬年是不是有另一代文明?

我在研究人類最早文明的創建人——蘇美兒人的來歷時，就注意到6000年前的他們就準確地記載了自己的先祖已經在美索不達米亞挖礦挖了3700年!

吳哥窟給了我太多的謎。

明

## 26

# 女人的智慧在雲淡風輕之中

因為是雨季，暹粒只有泥漿而沒有粉塵。明看到一家二手車店就跨了進去，老闆熱情地迎上來。

「對對對，來暹粒就是要自己開車才能體會到我們吳哥窟的真實感覺。」不用明開口，老闆自動熱情地誇獎明有品位，還招呼他坐。

明看了看店裡店外放著的幾輛舊車，真不好說是幾手的了，估計在路上拋錨的機會很大，可是哪裡會有精神和時間去招呼它。而且明也吃不准自己的美國駕照是不是可以用，他又回憶起那個員警曖昧的眼神，別給自己找麻煩了。

他沒有在意老闆滔滔不絕的介紹，看到前邊放著幾輛二輪摩托車，就走了過去。說是二輪，因為這裡有三輪的，而且暹粒街上行駛的二輪摩托車經常掛著兩輪或者四輪的拖車，就像古羅馬的戰車一樣，不過前面不是馬，是摩托而已。這樣的座車其實更穩定，不容易隨著動力車的搖晃而搖晃，而暹粒的馬路上開車不搖晃是不可能的。

貧窮落後的地方業餘的發明也有他的先進性呢，　明想起了洞裡薩湖上快船的長脖子螺旋槳。

「這個怎麼樣？」明指著這輛沒掛坐車的兩輪小摩托，也就是50cc的簡易機動車。

「哦，這個可是我自己的用車呢，不賣的。」老闆眨著狡猾的眼睛說。

明看見車上有行駛的牌照，沒有吱聲就準備走了。小店門口已經有幾個閒人在看熱鬧，明看見一張熟悉的臉一晃而過。

「不過，」老闆接著說，「可以商量啊，你們多不容易來一次啊！」老闆特別體諒的樣子。

「好吧，多少錢呢？」明停下腳步問。

「哦，賣是不賣的，」老闆意味深長地說，「不過你可以借啊！你又待不了幾天，買輛車不是麻煩嗎？」說的有情有理。

明想想有道理，何況買了車怎麼上牌照呢？自己真的沒想周到：「好吧，要多少錢呢？」

「五十美元一天，怎麼樣？」老闆瞪著眼睛，做出一副誠懇的樣子試探著出價。

沒想到明沒有還價，老闆大喜出望外，趕緊找出一塊髒兮兮的布，把車子擦了擦算是整理了，收了明兩百元的定金，把車推到街上。

買這輛車最多也就值這個價。

老闆作出似乎還特別不捨得一樣，明沒有在意老闆嘮嘮叨叨的關照，只想著自己的計畫。這下好了，有交通工具了，明一下子感到自由了。

接著幾天的明像吃了迷魂湯一樣，白天關在屋裡研究他的道路，GPS 的地圖，小月在旅館睡覺。同伴們也不管他們了，到時候自己就出去逛，把他們留在旅館裡。

首先要在漫天的繁星中認出天龍座，這個對星盲的明來說就扒了他一層皮。

暹粒的廟宇有600 多處，要跑遍是不可能的，還是要重點排除。明注意到小月說的掉到水塘裡的情節，所以排除了沒有水塘，或者沒有乾枯的水塘的廟宇。

明的功課包括從子夜到臨晨每半個小時天龍座的位置，小月手臂的60 種微小差角，矯正八百年的進動誤差，只要有了經緯度，利用谷歌地圖，GPS 應該可以提供很準確的位置。

可是一到半夜明就把小月約出來，讓她坐在不怎麼靠譜的後座上，拉著她滿處跑。小月也很享受坐在明的後面，正大光明地摟著他的腰在馬路上奔馳的感覺。

說實話，暹粒的國道6 號公路因為是援建的，品質不錯，開車在上面迎著風還是很平穩很爽，雖然速度也就五十公里，但是有小月坐在後面，明覺得心情很舒暢。雖然有時發現有員警隱隱約約跟在後面，明也沒有很在意，注意不要被他逮著就好。

其實小月這幾天身體感覺不太好，呼吸有時很急促，心裡像小鹿亂撞一樣跳個不停。可是她覺得很幸福，從來沒有過的快樂和安靜，不想失去和明在一起的機會。

她有時想能不能就這樣和明在一起不用再回那個讓她難受的城市了？吳哥這個地

方很放鬆，潮濕清新的空氣，沒有霧霾，可能會對她的健康有幫助。過去俄國人、歐洲人不是都去里海啦，地中海啦療養嗎？可是明是一定要回去他的城市，小月想到這裡，對自己的健康發起愁來。

實地調查很讓人失望，所有可能有池塘的地方幾乎都去過了，一點眉目沒有。是自己判斷錯了，還是小月的敘述有誤點？她看上去是有點迷糊，這反而使得明覺得她有種特別的魅力，可是她對自己敘述的話滿肯定的。

明又擔心起來，他的假期一天天過去了，考察，攝影，戀愛，再到尋寶，明覺得自己夠亂的，是不是應該適可而止？

他看了看電腦上麥克鼓勵的信。如果麥克一同來了結果可能又大不一樣，可是他和蘇珊都被纏在南美洲了，正在鑽研阿姆斯壯也入迷的地下長廊呢！明猜麥克從心裡大概也就是鼓勵明自己去探索的。

坐在明的電腦前面兩個人都有點沮喪，藏寶地點就應該在水池邊上，可是還有什麼地方的廟宇是有水池的呢？明讓小月再把過程講一遍，怕自己漏掉點什麼。小月覺得明沒有信任她，蠻委屈的，但還是耐心仔細地說……

小月正說到馬兒在水池裡喝水，伽耶拉加低頭看到池子裡的荷花，突然明打斷了小月的敘述，停了幾秒鐘，兩個人同時說：「荷花池！」

然後兩個人都笑起來，同聲叫道：「崩密列！」

崩密列就是高棉語荷花池的意思。高棉的廟宇有的建有蓄水池，一是為了意境，更是為了緩衝雨季和旱季的水容量變化，也有說是為了維護地基水沙的穩定。可是以荷花池命名的廟宇並不多，可見那裡有很多的荷花，以至於天這麼黑，這麼緊急的情況下伽耶拉加還是不能沒有注意到水裡的荷花。

可是崩密列並沒真有荷花池啊！兩個人沉默下來了。

「我來算一算它的經緯度吧，」明到底是個學者，對於機會總是要試一下的，「死馬當作活馬醫呢。」

小月很喜歡看明用心工作的樣子，覺得特別性感。自己也願意靠在他身邊感覺那樣的溫暖，就像看他在秀照片，看他在指揮一場戰爭……

經過二十分鐘，明回過頭來笑著對小月說：「好幾種方案都能定位在崩密列呢！」看見小月專注地看著自己，明有些衝動想去吻她。可是克制了一下明回過神來接著說：「可是為什麼那裡沒有水池呢？」

「三十年前的那場戰爭摧毀了唄。」小月也小夢初醒的樣子，輕描淡寫地說。明真的想去吻她了，這個姑娘的敏銳就在她的雲淡風輕之中，就像明自己已經認識到的那樣，女孩子不輕易說話，是給男子自吹自擂的機會，而她也就是喜歡看男朋友瞎吹的樣子。

明頓時覺得慚愧起來。

八百年來的戰火保不準破壞了崩密列，暹羅入侵就可能搶劫了這寺廟，五百年的岑天古樹也毀壞了崩密列的基石。可是三十年前的內戰一方為了隱蔽自己而用地雷炸毀了崩密列，所以變成了這樣。

荷花池只是一個美麗的傳說般的名字了。明和小月不知道的是，因為旱季即將來臨，即使有水，也早就乾了，所以他們見不到水。

明轉過身去，很快地定位好經緯度，設定在GPS之中。下面的工作就簡單了，需要買一些相應的工具，就等入夜去實地再測定一下。

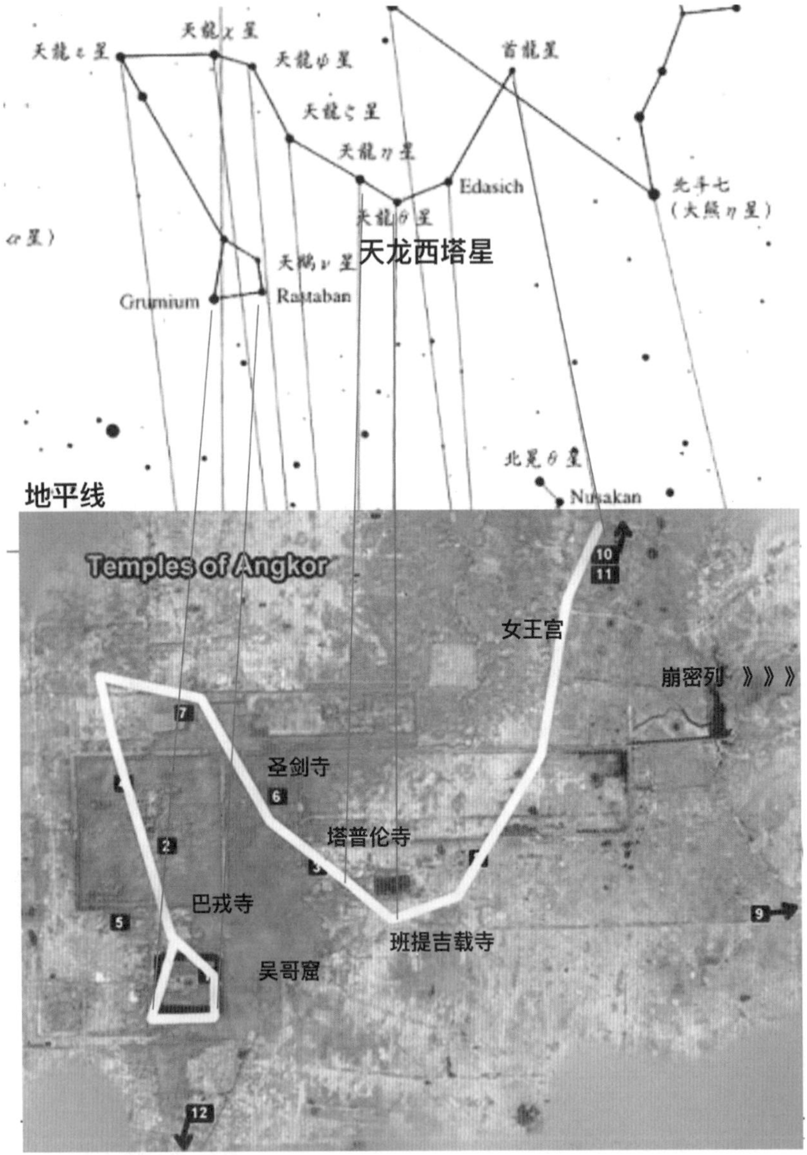
天龍ε星
天龍χ星
天龍φ星
天龍ζ星
天龍η星
首龍星
Edasich
北斗七
(大熊η星)
天龍θ星
天龍西塔星
天鵝ν星
Grumium
Rastaban
北冕θ星
Nusakan
地平线
Temples of Angkor
女王宫
崩密列 》》》
圣剑寺
塔普伦寺
巴戎寺
班提吉载寺
吴哥窟
1
2
3
4
5
6
7
9
10
11
12

# 27 前世孽緣今生了賬

要在景點動手腳，白天是絕對不可能的，即使你付了暹粒的吳哥窟管理處幾十美元的門票費，那也是讓你看，不是讓你摸的，更不是讓你挖來挖去的。

即使為了保護每年幾千萬美元的門票收入，吳哥窟聯合國世界文化遺產管理處人員對此也是不會讓步，為此他們在景點地上都鋪上了木板。

戴高樂總統的馬爾羅部長的前車之鑒需要牢記在心，不是每個人出了事還有運氣當上文化部長的。所以晚上去，既為了方便，免去了門票，更是為了驗證在矯正了進動角度之後，讓小月面對正北，天龍座西塔星是不是在她手臂的延伸線上。

如果要正式申請勘查、挖掘，別說要時間、賄賂、資金，就是列出申請的理由，大概也要笑掉諸位專家的大牙。

好好休息了一下午，因為心情大好，兩個人早早準備定當就出發了，想慢慢蹓躂著去驗證成功。

近半夜時的暹粒還有車來車往，回家的遊客和水果攤上的燈光還沒有消停。出了城人車就沒有了，在這個沒有路燈的郊外，沒有人會沒事瞎逛的。

行駛在6號公路上，清風吹來蠻涼爽的。可是熟悉的尾巴又出現了。前幾天明都沒有在意，因為他自己並沒有把握，何況凡是自己的關鍵時刻總是會有情況出現，他也習以為常了。可是今天不一樣，是要決定成敗，明不想讓任何人干擾。何況不是檢驗理論而已，明預感還會有具體行動。

小月也注意到了，兩個人一面繼續行駛，一面想著對策。

「躲吧？」小月貼著明的耳朵說。明想這也是上上策。

加大了油門，明順著6號公路飛快地向東狂奔，這輛破車最多也就是開個30英里每小時，氣缸隨時還可能爆掉。可是這樣的破車在這樣的情緒下飛奔也算是好萊塢警匪片了。

夜裡公路上幾乎沒有車，一條直道，能夠看到後面的燈光也快速跟上來了。好在後面的一定也是輛破車，即使不避嫌，也不很容易趕得上來。

開了一會了，乘著一個小轉彎，明把車子駛下公路，躲在一棵大樹後，熄了火。不一會兒就見後面的車從公路上開了過去，是一輛淘汰了的大眾披頭士小破四輪車，儀錶板的藍光照亮了一張國字臉，兩道緊鎖的粗眉毛，陰森森的。

小月和明相對看了一眼，明白了什麼。小月想說，明伸出食指放在嘴前，噓了一聲。

推出車子上了公路，重新發動起來向相反的方向駛去。

沒想到沒有多久，就看到後面的燈光又跟上來了。明狠狠地罵了自己一句蠢，小子看看前面沒有了車燈，當然轉回身來。可是自己又不能關了車燈，黑暗裡開車會更危險。該怎麼把他甩了呢？

明想起來地圖上洞裡薩湖邊上有一處寺廟，叫Phnom Krom，可以把尾巴引到那裡去。於是開足馬力從六號公路拐彎向南上了一條顛簸的小道。車後的小月抱緊了明，黑夜裡的小路真的很危險。

開了半天才到，可惜這所寺廟太老舊，都是盲窗盲門，明只好選擇把車躲在寺廟後面。

尾巴也到了，感到他的氣喘吁吁，停在廟前面怠速亮著燈，等著。大概尾巴覺得今天明動作不同，估計有大目標，所以緊緊不放。

等了半天，明有點洩氣，問小月怎麼辦？小月照舊不瘟不火地說：「去水上村莊吧？」這幾天地圖研究得透，前面有個水上村莊Chong Khneas，沒有辦法，回去的小路被尾巴堵著，只有再往前走。

明發動車子，猛地竄出來，一路向南狂奔。尾巴愣了一下，接著跟上來，已經是不離不棄了！

雖然車風很大，明還是禁不住出汗了。路面越來越壞，車開得這麼快，隨時可能掛掉。

但是兩輪的車只要找對路面還好，只要不掉進坑裡去，除了車的懸掛，坐在車上用腿半蹲還可以減弱顛簸。

尾巴的車燈也是一蹦一跳的，因為還有左右不平搖晃，四輪車癲得更夠嗆，只要小路夠長，估計最後會散架。

明感覺到車輪下的地面漸漸有時爛哄哄的，知道接近岸邊了，車燈跳得厲害，看不清前方。明心生一計，回頭對著小月大叫一聲：「抓住我！」感到小月抱緊他的時候，猛剎車，把車子熄火，兩人跨下車來，飛快地推著車向旁邊跑去。

回過頭來看見尾巴的破車叮叮咣咣地一蹦一跳半天才來，沒有了明的燈光，尾巴看不見他們，繼續開過他們停車的地方，一直向下衝去。過了五十多米，車燈一下子不見了，一定是掉到湖裡去了。

明大喜，趕緊發動車子，帶著小月回身就跑。可是跑了三四十米，明又把車停了下來，回頭看著小月，小月正看著他呢！兩人回過車來，往湖邊開去。

……

等明把尾巴拖上岸來，小月和他趕緊把尾巴翻過身來讓他吐水，看看無礙，明穿上脫下的衣服，在車燈下看著尾巴漸漸地醒過來。

尾巴睜開眼睛，慢慢坐起身來，茫然地看著兩位，一會兒還東張西望，好像還不明白自己是怎麼回事。明看著尾巴，兩道粗粗的眉毛，國字臉，就是在街上和自己糾纏的「土耳其」員警，也是暹粒機場的邊境員警。明買車的時候他就盯上了。

明看了看小月，她也朝明使了個眼色：這不就是刮了鬍子的斯里謫耶因陀羅跋摩四世嗎！

「謝謝你們救了我，」尾巴開了口，一臉的真誠一臉的無辜，「我怎麼會在這裡？」

這下輪到小月和明傻眼了。這條尾巴追了自己半天，怎麼一浸水腦子出問題了，還是怕報復裝蒜呢？

來回折騰半天，明和小月明白尾巴真不是裝，實實在在恢復到一個平凡的員警蜀黍了。問他名字，叫阿萊，兩人又是一驚，真是驚多不怕啊！

阿萊怎麼也搞不清楚為什麼要和明過不去。現在的他簡直能為他的救命恩人做什麼都行，千恩萬謝。

兩個人也搞不明白，商量了一下。小月說這個前世斯里闍耶因陀羅跋摩四世的員警阿萊大概是前世穿越到現世的，就是來和前世的闍耶跋摩七世搗亂，前世打敗了，後世來找回。浸了洞裡薩湖的水，回過魂來了，估計再也穿越不回去了。那麼哪一個平行空間八百年前的斯里闍耶因陀羅跋摩四世會因此缺席了呢？也是問題多了不怕想不明白。

又為什麼是洞裡薩的湖水呢？大概是他在洞裡薩水戰中敗在了水裡，掉進了水裡，洞裡薩湖水成了他的罩門，只有洞裡薩湖水能洗淨他的靈魂。

明只能相信小月的判斷，當事情沒有答案的時候，女人的話就是答案。是不是也是闍耶跋摩七世相信妻子判斷的前世緣由？

好吧，好人做到底，現在也只好把這個濕淋淋的阿萊帶著走了。因為叫阿萊，明本能地想信任他一把，請他也幫自己一個忙。

現在只有這輛任重道遠的摩托車了。小月坐到明的前面，後面帶著濕濕的阿萊，三個人突突地上路開去崩密列。

明的感覺小月不知道，但是坐靠在明的懷裡她覺得很安全，想睡著。奔波了半夜，又緊張，小月覺得真的有些病了。

# 28 驚魂崩密列

崩密列的位置比較荒僻，伽耶拉加藏寶的時候，崩密列應該已經修建一百來年了，可是兵荒馬亂的，當時的狀態可能就不夠好。

明駕駛著這輛破摩托，回到6號公路後向北一拐上了條小路，朝目的地駛去。崩密列就在路上，倒是很容易找到。

下半夜了，守門人不在，當然不需要門票了。即使違規，明覺得還是儘量少違一點規，把車停放在南門檢票口外，步行進村。

進門的引道很長，鋪的倒是石板路。雖然有點星光，三個人還是走得有點心慌意亂，搞不好會被爬行在石板路上的大樹根絆一下，嚇自己一跳。聽到被吵醒的貓頭鷹的叫聲，似乎不吉利的樣子。

據說崩密列的建築格調和小吳哥有相似之處，面積差不多大，週邊有一條共四公里長的護城河，都有長長的引道，入口開在東面，有田字形的迴廊，兩側是藏經閣。可惜那邊崩塌太厲害，進不來。

據說宮崎駿的《天空之城》的原型就是崩密列，那麼崩密列的中心原來應該也是有一個中心寺塔的，須彌山設計應該使得寺廟層層高升，俯瞰眾生。今天的明要迴避這個中心，因為崩塌的中心塔只會給自己尋路惹麻煩。

明的 GPS 只有位置，崩密列沒有地圖，所以凡是路就得自己尋了，且得處處小心，不要掉進溝裡。

現在的崩密列白天就是殘垣斷壁，荒樹林立，亂石堆得高高的，叫它荷花池現在是不會有人相信的。怪不得明一早沒有把它考慮在內。

據說整個寺廟分割為東北、西北、東南、西南四大塊水池，可是雨季差不多結束了，這些個水池就變成了溝壕干槽，不慎就是陷阱，又有很多封閉的密道，一頭撞過去沒有出路，繞路又不可預期，最好的辦法就是越牆。好在牆都不太高，討厭的是牆上幾乎都有大樹。

GPS 定位在崩密列東北角。伽耶拉加當年從北方一路逃過來，最可能到達的也應該是東北角。

一行人從南門進去有長長的引道，路快走到頭，邊上是一溜崩塌了的廊道，只留下了豎立的柱子，迎面是一堆大石，石堆頂上是一副沒有塌完的拱門，明一眼就看到了一塊幾乎完整的神蛇雕像歪歪斜斜地立在邊上，五個腦袋的 Naga。

「寺廟的級別不會太高」，明心裡想，這個蛇神雕像不會是。

往裡走，左面的石門被釘上了木條，此路不通的樣子。好在明也不走那個方向，大家走上為遊客鋪設的木質便道，高高低低，七拐八拐，沒有垮下來的牆面都帶著漂亮窗欄，是模仿木質的宮窗。星光下陰森森的大樹騎在牆頭上，有些鬼影的樣子。

小月想，如果追求神秘、寒栗，體會五百年的蕭索悲情，夜訪崩密列是最好的選擇，而且門票皆免，沒有日曬，有志者可以一試。

明跟著他專業精密的GPS，帶領大家東轉西爬，離開了棧道，因為找不到可走的路，高高低低，很容易踩空了腳。

遇到一堵牆，繞不過去，明用手電筒照了照，牆上是毗濕奴的浮雕，看來是崩密列的主神。只好翻過牆去，不料掉進了一個四封的密道，只好硬著頭皮從另一側爬出來。

翻過幾堵牆，每次阿萊盡心盡力地幫助他們爬過去，看來是個行家裡手。不過也不是每堵牆都是可以翻越的，有三四米高的牆就只好乖乖地沿著牆根慢慢拐彎抹角，一不小心會掉到原來是水池的坑裡去。

遇到困難的地方明都會拉著小月的手，小月覺得只要明一用力，自己就會飛過去一樣，倒是覺得很好玩。有時候想，趴在他寬寬的背上是不是特別踏實。

是不是和心愛人在一起，即使危險的時刻女孩子也會胡思亂想啊？

不知誰一腳踩歪了，猛地從石縫裡竄出一條蛇，阿萊眼明手快，一把揪住七寸，掄起來在石頭上摔死。是條響尾蛇。又是行家做派，凡打蛇，只有摔死，如果一刀砍斷了蛇頭，它可以蟄伏24小時不僵，一經觸動能一口死死咬住對方不放，並注入毒汁。夠險的。

小月心裡慶倖帶了阿萊來，不然今晚半途就得無功而返，還要去暹粒市醫院急診室。

以後看見牆上掛下來粗粗的藤，小月都要嚇一大跳，以為又是蛇了，真正體會什麼叫杯弓蛇影。明緊緊地拉著她的手，時不時緊捏一下，生怕她走丟了一樣。

其實夜色抹去了細碎的污穢和裂縫，掩蓋了破爛景觀，崩密列倒顯得十分的乾淨秀麗，正是一種奇特的美。眼前一堆碎石山頂上密密的樹根和爬藤包裹著一方石屋，應該是東北角的藏經閣了，夜色裡頗有塔普倫寺的童話奇幻。

小月又有了奇思妙想，是不是睡美人的城堡？

小月在周圍空地上走了走，看見半截被砸碎的大石板櫃子躺在地上，裡裡外外散落著破碎的石板，像一領石棺。問問明，明想了想，覺得石棺不應該有機會移到這個地方來，何況這個毗濕奴的神廟不應該有這樣意思的東西吧？

高棉的土葬在很久以後才時興，當年都是火葬，保留骨灰，這麼大的石棺有點不合適做骨灰盒。搞歷史的思想容易開小差，有意思的事馬上走神。只有阿萊踏踏實實跟著他們，思想沒有開小差，和八百年前的阿萊一樣。

討論驚動了夜鳥，噗噗地飛。烏鴉是敏感的鳥，會覺得有什麼事要發生。

一個多鐘頭，大家總算在半幅柱子樣的東西前停了下來。明反復看了看GPS：「就是這裡了」。

前面根本看不出有什麼水池，一堆亂石而已。

菩薩保佑，今夜雲彩不多，天龍座已經偏西，躲在樹影后面，忽隱忽現。想來八百年前應該是一覽無礙的。大家摩拳擦掌，準備開幹。

小月面對北極星，聽從明的指示身體轉動了幾度，按照進動律每72年一度，伸出手臂調整了11.6度。順著她的手臂看去，西塔星正掛在她右手的虎口中。

兩人擊掌慶祝。

幸好有了阿萊的幫助，大家才能合力搬開腳下的石板，即使準備了工具，進展也不快。因為激動，明的手劃出血來了，只能做歷史，不能考古啊！倒是阿萊幹得很專業，不慌不忙，又是一把好手。明自慚不如。

大約到了四更天，借助手電筒，終於看到下面一塊碎石，有著花紋。這個就是八百年前被推倒的蛇神Naga了啊！

清理完碎石，下面是塊方整的紅磚，明小心翼翼地挖起了紅磚，用手電筒往洞裡照了照，把手伸進去，掏出一些亂石頭和黏土。每一下小月都擔心明提起手來的時候會帶出來一條蛇，所以手中緊握鋼釬，死死盯著，準備隨時揮過去打死它。

最後掏出來一隻盒子。

外面包著的絲綢已經爛成縷縷，盒子應該是象牙的，在星光下顯得暗白色。明把盒子交給了放下鋼釺的小月，阿萊也認真蹲在旁邊看著。

小月慢慢打開了盒子，拿出一包黃色綢子，打開綢巾，從裡面照射出一道明亮的光芒，尤其在夜色裡，十分透亮，頓時大家都睜不開眼睛。

小月覺得一陣清爽的流體從丹田徐徐上升，肺裡心裡充滿了光明，腦子一下子變得十分清新敏捷，渾身脫胎換骨一般的舒暢，半天才把眼睛慢慢睜開。

手裡捧著的是一顆鴿子蛋大小的舍利子，發著黃白色的光芒，光彩奪目！小月不禁流下淚來，這是她在夢裡想著千百遍的聖物，今天就在手中。

阿萊雙手合十，驚奇得一個勁念著「阿彌陀佛，阿彌陀佛！」明的震驚就像看到了伽耶拉加和吳墒就在眼前的光明中徐徐升起，八百年前那一段腥風血雨切切實實就在這裡發生著，毋庸置疑。

他從來沒有見過舍利子，更沒有這麼近地瞻仰過。大半夜的折騰，讓他反而精神抖擻起來。他雙膝著地，雙手合十，虔誠地感謝能親歷這樣的奇蹟。

大凡經過縝密思考，謹慎推理，最終能被證實了正確的結果，人都高興自豪。可是除此之外，小月和明見到的舍利子更讓他們的靈魂沐浴在一片燦爛光明之中，這是兩千年前佛陀的神力給予他們的獎賞。

……

# 29

# 有情人沒有什麼不可能

明與小月和她的同伴們在暹粒機場告別。

小小的暹粒機場，人來人往多是旅客，這樣難捨難分的惜別不容易看到。

不用忌諱旁人，兩人相擁，深情而吻，相約再見。明和小月的同伴們也依依惜別，許諾保持聯繫。和特地來送行的阿萊握手再見，告訴他日後自己還要來暹粒深入研究工作，後會有期。

舍利子經阿萊聯繫，被慎重交付吳哥窟世界文化遺產管理局，交接過程行禮如儀，獲得了吳哥窟聯合國世界文化遺產特別貢獻獎狀，和終身免費遊覽吳哥窟榮譽證書。

明和小月日後並雙雙獲得了柬埔寨皇家互愛國王騎士勳章（Royal Order of Sahametrei Knight），這是國王頒發的最高榮譽，表彰對柬埔寨王國和外國友誼作出傑出貢獻的國際友人。

一個月後，返回現世的阿萊被任命為暹粒市文物管理局警署主任警長。

……

小月回家後，第一件事就是去醫院按約復查，檢查結果居然發現一點問題都沒有了，一切指標如十六歲的少女一樣健康，生命正在噴薄而出。困擾的醫生感到不可思議。面對醫生詢問的眼光，小月含笑不語，她知道就是說了也難於取信於人，還不如保持沉默，和明擁有一個共同的秘密。

小月知道，不是愛情給了她新的生命，就是那顆失而復得的佛陀舍利子的神秘力量。這些個都不是科學，無法用科學來證明。

離開醫院的時候小月春風滿面，她慶幸自己做了去吳哥窟的正確決定，她知道在那裡她得到新生。

和明書信往來，視頻交流，自不用說，春天來了，兩個人的感情達到不可抑制的熱度，只是因為明的學習工作太忙，正在彙集資料組織論文準備申請吳哥窟研究經費，安排不出時間見面相處。為了不打擾明，小月也沒有飛去愛人身邊。

三個月後，為了慶祝小月的生日，老驢友們特地約小月去峇里島度假，一群人興致勃勃。小月有著完全不同的心情，整天像唱著歌兒的小鳥，時時需要梳理羽毛。

峇里島是印尼一萬多個島嶼中最耀眼的一個，也是這個伊斯蘭教國家唯一一個印度教地區。

峇里島非但景色優美和平，峇里島人也溫和友好，據說 1588 年第一次被西方發現的三個失事的航海家有兩個願意永遠留在這裡。可見魅力之無窮。

因為印度教和佛教的長期影響，峇里島溫和的土著貴族在 1906 年荷蘭殖民者侵略的時候只有用自殺來反抗，真的溫和得令人心碎。

這樣一片溫暖的天堂，能給小月留下什麼樣的印象呢？

陽光燦爛，松松的白雲浮在空氣中，像黏在藍天上的棉花糖。海浪沖刷著岩石，就像撥動了大自然的琴弦。在小月看來，世界一切都是美好的，自己的幸福，已經渲染給世界了。

看著小孩們和比基尼女郎在海灘上嬉戲，小月躺在沙灘上遐想。幾百萬年前海浪和白雲就是這樣，可是我們的生命從一開始產生經歷了多少曲折，多少困苦，現在活著的人全倚仗偶爾活下來的先輩才有今天。可是我們對於他們的愛情、奮鬥、磨難、歡樂，知道多少？和學歷史的人交往，小月也有歷史觀了。

人的前世今生對小月來說很容易接受，是女性更易感，更容易變換角色？這個問題她和明來來回回地爭論過，但是一致認為在生物學上不應該有什麼基因傳承的困擾。至於是不是靈性的隨機回歸，也影響了它的載體形態的回歸，那也是沒法證明。明告訴她，他們只是參與了歷史，見證了歷史的宏大，完美了歷史的結局，可是並沒有干預歷史，他們沒有帶過去轉基因種子，也沒有應用現代戰略戰術，他很驕傲沒有讓歷史的時空流動受到困擾，這是一個負責任的現代歷史學者應有的態度。

命運之神選中了他們，他們沒有讓緣分白白流過，這也是負責任的情侶應該有的態度。人的幸福不就是這樣嗎？

享受陽光、空氣、海浪、愛情，這就是現在，基因把生命傳遞給未來。

她隨手撥了個微信給明，告訴他自己在峇里島的的感動。

一會兒地球的電磁場多了微不足道的一個波動，遠方的明：「是的親愛的，我和你共享這陽光空氣海浪和愛情！愛你。」

高棉的微笑是博大的仁慈和愛，穿越了千年不變；小月的臉上現在永遠駐著笑容，那是從心底泛出來的愛，她也願意這愛能傳承千年。

突然烏雲密佈，雨點啪啪地灑下來，女孩子們嘻嘻哈哈地躲起來了。可是峇里島的雨來得快，走得也快，你還沒有來得及抱怨，太陽又從雲彩裡露出笑臉了。

第二天永遠是個好天，大家提議去島南的藍色斑點海灘（Blue Point Beach）給小月慶生，把小月打扮得像花蝴蝶一樣，一路上歡樂地又說又笑。

碧海藍天，水清沙動，壯美的懸崖，處處打動了小月的心。照相是必不可少的節目，小月的拿手好戲。

她情不自禁想起了明和他的相機，還有他寄給她的16寸大影集，裡面的小月美如鮮花。只有戀愛中的人才能發現對方瞬息即過的美麗，完美重現！

折騰了半天，同伴們起哄著說要給小月最好的生日驚喜，不由分說把她的眼睛蒙起。

正當小月聽從大家的遊戲，念念叨叨地猜是什麼驚喜的時候，蒙著的手放開了。陽光一下子把小月的眼睛耀花，炫眼的光圈裡淡出了明的臉，近近看著的玳瑁邊眼鏡，然後瘦削的臉，再然後一臉的溫情。

小月迷濛著眼睛就像做著夢，明的眼睛離得這麼近，小月能吸到他呼出的熱氣。

小月不知道是驚嚇還是驚喜，跳起來抱著愛人又哭又笑，軟軟的手臂繞著明的脖子。大家開心地拍著手，為小計謀的成功歡呼起來。海灘邊上的海鷗應聲啪啪地飛起來，在四周轉圈飛舞。

「嫁給我吧，小月！」明從身後變出一大捧鮮花，單腿跪下對小月說。

小月感動得雙手捂住了臉，泣不成聲。然後，然後彎腰抱起明，在他的耳邊輕輕地說：「八百年前我就嫁給你了呀……」

「一千年來，我等的就是你。」明親著她的耳朵，溫柔地回答。

一切都像變魔術一樣，鑽戒出現了，證婚人穿著黑西裝出現了，婚紗送來了，婚禮蛋糕也出現了，服務的帥哥美女都出現了。像阿拉丁的神燈一樣，明把酒店和大餐也變出來了！

還有穿著正裝，專程趕來的麥克和蘇珊，正笑臉盈盈地看著他們。

經過了八百年穿越，還有什麼是不可能的！

……

眼下關於西元前一萬零五百年的天龍星座和吳哥文明的神秘關係，研究工作正在進行中。雖然斯坦伯格教授改變了初衷，給予支持，明依然是可預見地困難重重。

不過就像我們早就知道的那樣，只要有妻子在邊上，他的問題總會有合適的答案。

（情節虛構，如有雷同，純屬偶然）

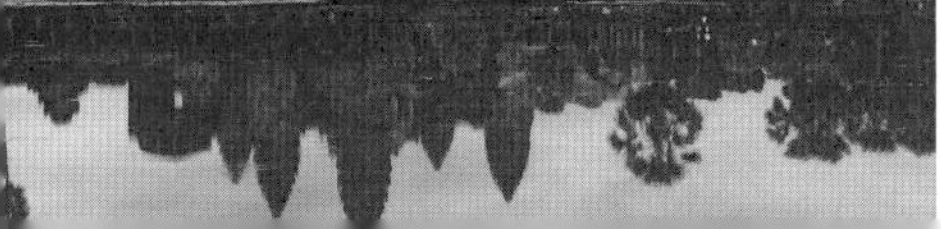

現代文學 40

# 古窟秘緣—吳哥窟的前世今生

作　　者：張人德
美　　編：林育雯
封面設計：林育雯
執行編輯：張加君
出 版 者：博客思出版事業網
發　　行：博客思出版事業網
地　　址：臺北市中正區重慶南路1段121號8樓14
電　　話：(02)2331-1675或(02)2331-1691
傳　　真：(02)2382-6225
E—MAIL：books5w@gmail.com、books5w@yahoo.com.tw
網路書店：http://bookstv.com.tw/
http://store.pchome.com.tw/yesbooks/
博客來網路書店、博客思網路書店、
華文網路書店、三民書局
總 經 銷：聯合發行股份有限公司
電　　話：(02)2917-8022　傳真：(02)2915-7212
劃撥戶名：蘭臺出版社　帳號：18995335
香港代理：香港聯合零售有限公司
地　　址：香港新界大蒲汀麗路36號中華商務印刷大樓
C&C Building, #36, Ting Lai Road, Tai Po, New Territories, HK
電　　話：(852)2150-2100　傳真：(852)2356-0735
總 經 銷：廈門外圖集團有限公司
地　　址：廈門市湖裡區悅華路8號4樓
電　　話：86-592-2230177
傳　　真：86-592-5365089
出版日期：2017年8月 初版
定　　價：新臺幣250元整（平裝）
ISBN：978-986-94866-2-0



國家圖書館出版品預行編目資料

古窟秘緣—吳哥窟的前世今生 / 張人德 著 --初版--
臺北市：博客思出版事業網：2017.8
ISBN：978-986-94866-2-0（平裝）

857.7　　　　106008330